COLEÇÃO PÊSSEGO AZUL

ÂNGELA MARSIGLIO CARVALHO
VASSOURA ATRÁS DA PORTA

LARANJA ● ORIGINAL

Dedico este livro à minha querida tia Alice Piffer Canabrava, grande professora, que me propiciou este percurso, e aos meus alunos que fizeram da literatura minha companheira.

BREVE APRESENTAÇÃO PESSOAL

Nasci em São Paulo, capital, num ambiente em que a literatura sempre esteve presente. Foi nos tempos de estudante que comecei a me envolver com a literatura, nas bibliotecas de meu pai, avô e tias. Desde o antigo ginásio escrevo histórias, poemas, diários e cartas. A carta foi minha primeira paixão pela produção escrita. Meus avós moravam no interior e criei o hábito de ir ao correio, escolher selos e esperar a resposta. Guardo comigo até hoje uma caixa de cartas e cartões postais de amores, amigos e parentes, e vários diários, dentre eles, muitos de sonhos. Escrever acalma, organiza o pensamento da gente e faz companhia.
Foi também em São Paulo que me tornei professora de Português e Literatura da rede particular, em 1990. Durante minha carreira de professora, escrevi diversas publicações didáticas. Além das aulas, minha vida profissional foi marcada pelo teatro: fui atriz, sob a direção de Antunes Filho, de 1984 a 1989. Em 2003, comecei a dar aulas de teatro e trabalhar com arte-educação. Montei vários clássicos da literatura teatral com meus alunos até 2020, ano em que me aposentei, após 33 anos de sala de aula. A formação em teatro me ajudou a palestrar e a participar do programa Vendo e Aprendendo, da TV Escola. Gosto de escrever e propagar arte na educação e oferecer vivências culturais para educadores. Nos últimos anos, tenho me dedicado à literatura e à fotografia.

CONTOS, POEMAS E UMA LINGUAGEM ORIGINAL

Victor Leonardi

"**Sem versos minha alma seca**", diz a autora deste livro, e ela não está exagerando: personagens dos textos criados por Ângela Marsiglio Carvalho "choram no triste viver das emboscadas", ou "continuam insistindo nas velhas chaves que não abrem mais as portas", ou acham que "os dias felizes dormiram".

Poesia e prosa se entrelaçam permanentemente no imaginário de Ângela. A personagem de um de seus contos diz, por exemplo, que a força dos versos pode nos salvar, e é exatamente isso o que este livro sugere aos leitores: a vida não é uma equação, "a ficção consegue proporcionar um envolvimento emocional que nem sempre os acontecimentos alcançam". E então Ângela escreve narrativas "que enfrentam questões atemporais de amor e liberdade, perda e redenção, apego e náusea de sobrevivência".

Ângela também percebe muito bem que, às vezes, na vida, "o mais importante passa despercebido". Isso é verdade e também acontece nos textos literários de boa qualidade, como é o caso de *Vassoura atrás da porta*, quando Ângela diz que "a vida de súbito vai embora sem perfume de flor".

Depois de ter sido atriz profissional, de teatro, nos anos 1980, em São Paulo, sob a direção de Antunes Filho, Ângela Marsiglio Carvalho agora nos encanta com sua ficção e sua poesia. Trata-se de uma artista cada vez mais completa. Desejo a ela sucesso no mundo dos livros e da criação literária.

No estábulo havia um anjo escondido; foi aí que Ângela voou. E depois começou a falar com os pássaros!

SUMÁRIO

MISE-EN-SCÈNE DA VIDA
15

FERRUGEM
19

FELIZ FOI ADÃO, QUE NÃO TEVE SOGRA NEM CAMINHÃO
21

SEM SOM NEM CONCERTO
25

O FETICHE DO GIZ
27

SIBILA-ME
35

DE BRUÇOS
37

CHAPEUZINHO
43

COBREJA
45

O PROVEDOR DE LÁGRIMAS
49

O INFINITO DÁ DE MAMAR
51

AMAR É CRUEL
53

BICARBONATO
57

BOCA
59

VIAGEM IMAGÉTICA
61

DAI-ME A PAX
63

ORAÇÃO PROFANA
65

BONECA DE PORCELANA
67

SEM CARNE NÃO TEM PALAVRA
73

MEU MIMO
75

SALA DE AULA
79

ALMA CATIVA
81

IRA
87

A MULHER QUE AMAVA OS GATOS
89

VOTOS DE REALIDADE
95

PROCESSO
97

PERVERSIDADE
99

A PEÇA FOI UM DRAMALHÃO
101

AVOA
103

VASSOURA ATRÁS DA PORTA
107

CACTOS
109

SEM VERSOS MINHA ALMA SECA
113

MISE-EN-SCÈNE DA VIDA

Aplausos. Fim da última cena. Blackout. O final se apresentou com vozes. Cenas de voz sem imagem. Voz fora da cena. Microcenas da vida. Cenas do vazio. Cenas repetidas. Mesma peça, porque é boa e apresenta facetas de seres realmente humanos. Intensidade dramática. Mudança de dicção. Plano de mudança de cena. Vara da frente com luz branca, corredor branco com pano de fundo de contraluz azul. Cenas escuras com foco cênico. Torres brancas ou blackout: cenas barrocas. Spots no ator que protagoniza. Mudança de cenário cênico. Booms ou luz no chão, equipamentos de efeitos especiais e equipamentos práticos de cenas do dia a dia.

    As luminárias são numeradas na ordem cênica: do lado esquerdo para o direito do palco – varas; de cima para baixo – torres; da frente para o fundo – palco. Luz de palco, luz que cega o ator. Não enxergar o público, em alguns momentos, é melhor. Cenas de um ano malpassado tipo cru e cheio de sangue. Cenas com corredor magenta e contra vermelho. Ano queimado de cenas vazias. Cenas com cheiro de comida queimada. Ano sem cenas e dias esquecidos. Anos e anos com cenas esquecidas. Bloqueio: inconsciente cênico. Na peça teatral: as cenas têm de ser um carrossel. Cenas do grito cênico: NÃO QUERO PALCO VAZIO! Cenas motivadas pela desesperança. Cenas do mar sem sal e do rio sem água. Entonação cênica do desespero. Cena com a categoria do desprezo. Atropelamento, atropelo cênico.

    A iluminação feita para o drama tem a luz refletida do chão, capaz de alcançar o cenário monótono e triste, reflexos são instáveis e podem não iluminar suficientemente, de uma forma apropriada, e a cena fica escura e sombria. Não importa quanto o iluminador tente aumentar as luzes da área de atuação: o cenário continuará comparativamente escuro. Um remédio bem forte e psiquiátrico, neste caso, aumenta a iluminação adicional da parte superior das laterais do cenário da vida. Nas cenas da vida qualquer reforço de luz é necessário.

Primeiro sinal. Primeira cena. É difícil começar e terminar com cenas perturbadoras, encantadoras, iscas cênicas. Cenas do começo. Cenas do fim. Fim no começo. Meio da cena. Cena do fim. *The big end*. Cenas da vida. Cenas das estradas de chão. Cenas reais muito tristes, porque são reais. Cenas bonitas, coradas e satisfeitas. Mesma peça, porque é boa e apresenta facetas de seres realmente humanos. Peça dramática: *mise-en-scène* da vida; cenas em movimento.

Segundo sinal. Cena do não aguento mais, – preâmbulo cênico do nunca mais. Não há realização, porque a dor cênica está no plano de extensão. Não há motivação. Há quem acredite e se mobilize por preâmbulos cênicos. Condição cênica micro que se apresenta triste ou em microssistemas de prefácios, introduções e muita expectativa. Esperanças cênicas não são aconselhadas. Cena congelada. Cenas cheias de significado, machucadas de choros e de soluços. Cenas de nascimento. Cenas de casamento. União cênica. Cenas repetidas, porque são cenas de família. Cenas nos vídeos e álbuns.

Terceiro sinal. Cenas neutralizadas. Ritmo movido pela dor. Cenas monótonas. Cenas urbanas. Cortinas cênicas. Cenas rurais. Cenas da ruralidade urbana. Cenas mal encenadas. Cenas atrapalhadas. Luz cênica de corredor magenta e fundo azul. Cenas na caixa preta.

vai para a luz da cena!

Mentiras cênicas. Cena da entrega e do medo. Cena real da mão que treme de nervoso. Cena do grito do gozo. Cena do chocolate quente que escorre pela boca para a roupa da criança. Nervoso cênico. Cena de sexo com roupa. Cenas desprovidas de pudor. Cena grávida da barriga oblíqua e agitada. Cenas com carrinhos de bebê. Cenas de praia. Sol cênico que morre no mar.

Sim, mesma peça, porque é boa e apresenta facetas de seres realmente humanos. Intensidade dramática. Cenas de um ano atrás. Cenas de dois, três, dez, quarenta anos atrás no mesmo espaço cênico. Movimentos cênicos da vida. Cenas arrastadas, chatas e rotineiras. Mudança de cena. Dobrar o lençol no palco é poesia cênica. Dormir no palco é cena plena. Atores em ação e peças que não precisam de três atos. Fim do terceiro ato. Microcena megadramática. Lágrimas cênicas são discernidas no máximo até a quarta fileira. Não vale a pena chorar em cena.

Aplausos. Silêncio. Engasgo cênico. A tosse cênica consegue promover a desobstrução, tira a dificuldade para respirar. Na cena vivida, boca e rosto perdem a consciência, porque não há técnica de improviso para o que não tem nada a ver com o roteiro. Comer em cena numa posição diferente da sentada pode fazer com que a plateia não acredite na cena, porque o estômago age de forma eficaz. Dor de estômago cênica. Cena de dor verdadeira sem lágrimas. Cena presa na garganta, engasgo eterno.

Cena de ódio pleno e verdadeiro. Ataque e onda de ódio cênico e cínico que toma conta dos espaços do público. Cena que transforma qualquer forma de diálogo em campo de confronto. Cena em meio privilegiado sem agressão, sofrimento, vínculo, princípios e sentimentos. Cena do fim da união. Aquilo que nos prende, que prende um ao outro é o que se chama liberdade. Cena de homens abandonados numa região convulsa e destroçada. Depois dos aplausos; a plateia se levanta e não consegue falar sobre a peça da vida vivida. Última cena. Palco vazio e sem luz. Ausência, falta e equívoco. A peça dramática acabou, porque apresentou seres realmente humanos. Aplausos. Fim da última cena. Blackout.

FERRUGEM

A novidade desta narrativa é que Ferrugem virou pai. O cão de rua, o Vagabundo, se apaixonou pela cadela Prada. Não sabemos como ele conseguiu entrar na casa da cadelinha, mas os donos da casa foram surpreendidos com o namoro. Ferrugem e Prada tiveram três filhotes: Lilo, Gabriela e Einstein. Um dos filhotes vai ficar no condomínio, outro já foi doado, quando tivemos conhecimento do resultado desse idílio só havia um filhote para adoção.

O Ferrugem, que dorme aqui na Rua João Antônio de Oliveira, 624, é chamado de Vinagre, Vini-Vini, Ferruginho, quando ele apareceu na nossa casa estava praticamente morto, tinha três hematomas grandes de pauladas e sinais de atropelamento. Apareceu na sala; nossa mãe viu o cão todo machucado, ensanguentado e arredio e, com o telefone na mão, disse que iria ligar para a carrocinha. Ligou a contragosto da família: *mãe, como você é cruel! ele vai virar sabão*. Decidida, ligou e explicou a situação à prefeitura. Lógico que a ligação demorou horas, setor da prefeitura x, y, z; animais abandonados, animais perdidos ou algo que o valha. Até a última atendente declarar, com o número do protocolo em nome da prefeitura de São Paulo, *minha senhora, o cão está dentro da sua casa? sim. então, se está dentro da sua casa, o problema é seu.*

O cão, Ferrugem, foi para um canto do nosso quintal que tem uma matinha; achamos que morreria lá, ele fez um buraco e continuou afastado; nem o veterinário conseguiu se aproximar. Naquela época, tínhamos um pointer, Ringo, e, de repente, os dois estavam amigos e compartilhando comida. Quando resolvíamos procurar o Ferrugem, nunca o achávamos; às vezes, o víamos na rua. O tempo passou, Ringo e Ferrugem ficaram amigos bem próximos. Tentamos de tudo para domesticar o Ferrugem; colocamos mais um ferro na grade verde em frente da nossa casa e, mesmo assim, ele passava, gostava da rua, e com o tempo percebemos que ele era mais da rua do que da nossa casa.

Toda vez que um morador novo se depara com o Ferrugem, tem sempre alguém para contar a história dele. *dorme na Rua João Antônio de Oliveira, 624, é livre e inofensivo, é amigo dos guardas e dos moradores que o conhecem, não aceita contato físico humano; nem nós nunca encostamos nele.* Sabe-se que ele gosta de frequentar o comércio da Rua Vital Brasil. É um vencedor.

FELIZ FOI ADÃO,
QUE NÃO TEVE SOGRA NEM CAMINHÃO

"Morena, eu apago os faróis e teu fogo." Foi o Alemão, caminhoneiro loiro de Recife, que começou a pegar a Morena, ela não era maior de idade. Todo-mundo disse que a Morena foi de Júlio Verne para o fim da catacumba. Sucumbiu no centro da terra. *"De déu em déu incendiei a bucha, queimei o filme." "Virei barata em bico de galinha."* A Morena virou traseira de caminhão.

Alemão adorava as comidas da Morena. Filé de peixe frito, bolinho de bacalhau, camarão empanado, lambe-lambe, lula frita, mandioca frita, tudo era sequinho. Marisco a morena não come. Ela odeia ostra, nem gosta de ver gente comendo. Não come ostra. Está certo; a gente não precisa fazer o que não quer, se não gosta, não come. Se a gente quer fazer o pior papel, faz. Repito. Se a gente quer fazer o pior papel, faz mesmo. Se não quer, tem gente que faz.

Tem gente que faz barulho. Muito barulho. O casal na briga era acústico – todo-mundo ouvia. O pernambucano vivia na estrada. Alemão, o caminhoneiro, gostava de arrancar tinta, descer assobiando e saía na banguela fazendo média. Sempre saía de casa e demorava para voltar. Morena resmungava: *se não volta é melhor, porque não tem falta de vergonha na cara. um safado.*

Alemão nas andanças dizia: *conto e digo:* "Não sou pau de amarrar égua." *falei tudo para a morena, batata! meu caminhão sou eu, minha vida é vai e volta.*

Caminhoneiro volta. Voltou. Trouxe camarão, marisco, lula e ostra. Ela não perguntou nada. Deixou a ostra de lado. Morena começou a cozinhar, adorava o mar, gostava de tudo da praia, a comida, então... Olhou para o Alemão, que tentou puxar papo.

se você comer ostras com casca, você quebra os dentes, Moreninha.
no pain, no gain. não como ostra.
melhor, sobra mais. ostra é bom demais.
olha, Alemão, "O que foi, foi – diz o periquito". essa é uma mais uma frase de traseira de caminhão. entendeu? perguntei, pois você é lesado e não me escuta. escreva na traseira do seu caminhão: "Come do teu, que o meu tem veneno".

Morena, estou gostando da frase que tenho na traseira de meu caminhão, ela não tem nem um ano: "Beleza é isca, casamento, anzol."

Morena reflete: tem tantas... *"No céu só entra quem pode, na Terra só vale quem tem."*

Comendo aquela moqueca que só a Morena sabe fazer, Alemão lembra, rindo: *"Mulher sem ciúme é flor sem perfume."* Alemão, meu amor, *"Vida de solteiro é vazia, mas a de casado enche"*. Na cama, de barriga cheia, os dois se lembraram de mais frases. Alemão começou. *você lembra? "Tirar vento da miséria." não serve?*

não.

então – "Amor eterno é de mãe." tem mais: "As velhas respeito como as moças."

que nojento... é machismo. parece que já quer arrumar briga, mas prometi a mim mesma que não vou brigar mais. vou embora. "Meu amor tem asas, não tem algemas, meu ninho de amor não é prisão." Ele ri. Ela continua com as frases: *"Liga o GPS da felicidade e encontra seu caminho". "Se cuida, machista, que as feministas tão na pista".*

Há mulheres difíceis de controlar, Morena, com um gesto atroz, batendo no peito, disse que deixou de gostar do Alemão. Balbuciava como que em delírio e continuava a dar socos no peito, súbito, como se quisesse tirar energia do ócio. Com a breca, irritada e se sentindo injustiçada, não conseguia superar a indignação de tudo ser como ele queria. Ele mandava e desmandava. Gostava de mandar. A tempestade iria chegar, porque Morena gostava de comandar. Que trovoada.

Alemão, não é a primeira vez que digo: vou te deixar.

"Quem por gosto não corre não se cansa." não corre de mim, Morena!

corro. vou embora, Alemão, você vai sentir falta do meu cheiro de peixe.

Morena, você me faz bem. gosto de encher o saco, mexer com os nervos e alterar comportamento, vai fazer gato e sapato, se quer ir, vai... vai embora, puta é assim. Não tenho de aguentar este papinho. Vai, sai fora, leva nabos em sacos, queima a bucha, vai para o país dos pés juntos.

Alemão, você não me ama. "Amor só de mãe". – posso morrer durinha aqui se não for verdade. sem amor não tem vida. sou moça, tenho muita estrada para rodar.

Morena, vou contar uma história para você pensar, vê se pensa, mulher. "Sou homem que foi picado tantas vezes por cobra venenosa que o veneno já não faz mais efeito." aí eu viciei e fiquei envenenado, envenenei meu carro, não dava nem para ver o meu Monza, tamanha poeirada, eu corro tanto com aquela Monzeca como se eu comesse estrada de chão.

Alemão, olha, não entendi sua história. e vou te contar uma coisa: "Não bebi feito uma égua e nem comi pururuca", bebi a mais, dois a mais, talvez três. você vai dizer que eu bebi muito. vai dizer que bebo como um homem, né? no pain, no gain é frase de traseira de caminhão inglês, viu? sei uma em inglês.

O caminhoneiro se irritou e resolveu dar o salto mortal sem rede:

mulher burra, para de repetir essa frase em inglês. não sei nada da cultura desses estrangeiros. você fica repetindo a única frase que sabe falar em inglês, coisa tonta, que gain? você não vai ganhar nada indo embora, "Você é igual caroço de abacaxi."

abacaxi não tem caroço. dããã, nossa, Alemão, como você fala merda. não aguento mais, antes só do que mal acompanhada.

A Morena começou a arrumar a mala.

estou brincando. Moreninha, te amo de verdade, meu amorzinho, falei por mal não, falei abacaxi por falar, falei porque é a frase do caminhão de um amigo. Morena? não vai embora. Morena, me desculpa, é que eu tenho língua de pirarucu, sabia? Morena, você vai me deixar?

vou. no pain, no gain.

miserável! o cuspe há de secar na tua boca, então, Morena, vai para o raio que o parta. "que tem o urubu com luto de Maria?" não sabe,? não entendeu, Moreninha, você não vai mais desfilar por aí com meu Monza. não vai levantar poeira, você vai andar de condução! condução lotada.

Ela foi mesmo. Foi embora de carona de caminhão. Na traseira *"Tudo muda, até pedra".*

SEM SOM NEM CONCERTO

Verso sem música
musa sem versos
mono
estéril
estereofônico
estéreo
aéreo.

Identidade mórbida do que não
fui
não vou ser
nem ter.

O FETICHE DO GIZ

Amolece os braços e pernas, se abandona, e seu amor fica à mercê. Num sentido primeiro, seu gesto pode se explicar pela memória, pelo torpor, pela desistência de ação. Embora aja instintivamente, ela sabe de forma bruta que sua entrega encerra outras razões. Ela percebeu um desejo de lidar com sua parte mais tenebrosa. Renata não queria mais viver com Dinamar, implicou com tevê, cães, churrascos, amigos e o maldito videogame. Sem amor: o homem se viu afogado num brejo, enovelado por reptilianos – como se estivesse diante de um game que não quer jogar, porque não passaria na primeira fase.

As palavras sem afeto eram a prova involuntária, incontestável e triste de um amor que estava acabado. Era certo que Renata iria dormir com dificuldade mais uma noite. Seus olhos estavam fundos, e, mesmo assustada com a ideia de que não poderia mais evitar, fosse o que fosse, voltava a pensar no seu companheiro com desespero, não sentia ódio. No dia seguinte, quando ele perguntava *você me ama?* Ela respondia *te amo, sim, te-amo*, com seu jeito amoroso, mas queria confessar e sentia desprazer no corpo todo, pensava nele com tédio, desânimo e aversão, ao mesmo tempo gostava da ternura e pureza de Dinamar. Renata tinha dúvidas sobre a importância pessoal do amor, parecia inconcebível a fluência feliz da vida com seu marido e ela chorava pelo ultraje que queria fazê-lo passar.

No outro dia, ainda na cama, Dinamar acordou excitado e reclamou que sentia um tédio mortal, disse que queria o mínimo de carinho e perguntou por que ela estava tão intolerante. Disposto, Dinamar ergueu a camisola de Renata, e ela não deixou que ele a acariciasse com súplica nos gestos. Foi para trás e confidenciou: *nos tornamos adultos, o que acontece tem de acontecer, você vai se levantar de bermudas, sem obrigações!* Ele sorriu e alçou a camisola dela, logo depois, com movimentos bruscos e rápidos, arrancou carícias, imobilizou os braços de Renata e, com um dos joelhos, manteve as pernas dela entreabertas tentou penetrar com força; Renata se retesou como uma extensão no limite máximo. Extensão elétrica. Vinte metros de fio por ano: uma vida. A gente tem que tomar cuidado com energia elétrica. Choque de 220 é foda – pode lesar. Os dois se olharam; ela, com um horror hipnotizado, manteve as pernas travadas; ele levantou o braço direito e fez menção de dar um tabefe. *você está louco? acabou.* Não é à toa que casais se separam.

Renata resolveu ficar sozinha e se separou de Dinamar. No primeiro mês, começou a quarentena por conta da covid. Num repente ela ficou desabitada e completamente só. Renata, a batalhadora, persistente, mulher de ótimo caráter e um corpo que é uma provocação. Estudante de inglês do programa de pós-graduação da Universidade de São Paulo, FFLCH, Fefelechê, ingressou na USP em 2018, ela já tinha mestrado e acabara de entrar no doutorado. A ação do tempo a tornou mais madura e cheia de certezas. Renata reconhecia a luta pela democracia, pela igualdade, pelos direitos humanos e por uma civilização menos desigual. Estudou muito numa das melhores universidades do Brasil.

Na solidão tinha saudade do seu nego, Dinamar, seu grande companheiro, sempre presente e vestido apenas com bermuda. Foi aí que teve nostalgia do barulho de tevê ligada, dos latidos e dos cães. Sentiu melancolia pela ausência do corpo moreno e do cabelo liso e grosso de índio de Dinamar. *ele não tem pelos nos peitos*, queria apertá-lo nos peitos nus arrepiados de desejo. Sentiu fissura da lisura, da jinga, do suor e do cheiro de sexo. Os casais se separam para recuperar, na vida, os anseios.

Foi aí que Renata apertou seu trabalho de professora com o corpo e abraçou a escola particular em que trabalhava. Tratava-se agora de um desejo de outra ordem, porque amava a profissão. Na volta às aulas presenciais, Renata, distraída, ficou olhando seus alunos, admirando-os. Jovens sadios, fortes, bonitos, alegres, tudo na vida deles parecia estar equilibrado; cérebros apurados, cuidados ora aplainados, ora determinados. Em grupo, falam muito e riem debaixo das máscaras dos mais variados tipos e modelos. Observava o dia a dia e nada lhe parecia assustador. Prosseguia indiferente com a profissão, e seu trabalho aumentou progressivamente na pandemia.

Depois da aula da segunda-feira, na escola particular, Renata tinha reunião pedagógica. Os professores saíam em pequenos grupos para almoçar, alguns combinavam antes. Esgueirou-se na multidão de alunos, quando dois professores a chamaram. *vamos almoçar fora da escola, Renata? aqui não nos deixam mastigar.* Foi. Havia fila dos dois lados da mesa no Makarê, melhor self-service da Vila Leopoldina; o professor de geografia alertou – *olha o tamanho do prato: às vezes a gente não repara e depois não dá conta*. Renata escolheu a fila da direita e, na busca por uma alimentação saudável, começou pelas saladas: Mata Atlântica, folhas da estação, alfaces crocantes, vinagre de jabuticaba, mozarela de búfala e queijo brie. Mas diante da variedade – marinada de peixe, emulsão de coentro com camarão, bombom de foie gras, nhoque de mandioquinha, filé mignon com alho negro, ravióli com cogumelos, arroz negro branco integral, hommus de castanha, banana da terra com brócolis, pirão bulevar, farofa com morangos, feijão, feijoada, mandioca frita e pastel – fez um prato enorme e colorido. O almoço antes da reunião pedagógica é para falar mal dos chefes, sustentou o professor de geografia, Jorge, mordendo um pastel de carne moída. E a professora de matemática, Lídia, esperava a água com gás com gelo e limão, sem tocar no prato comedido de filé mignon com alho negro.

Com uma voz muito calma, Lídia contou a Renata que Jorge se apaixonou pela mulher num restaurante em Paris. Jorge, empolgado: *vocês sabem, as francesas gostam dos brasileiros, ainda mais se são morenos, bonitos e gostosos. Carmen, minha mulher, sempre diz: foi amor à primeira vista. é natural o que aconteceu comigo.* Renata ouvia tentando mastigar toda aquela salada e, naquele ambiente diferente, lembrou do seu primeiro amor – um moço loiro, claro, florianopolitano, sabia até o endereço ainda: Ingleses do Norte, Rua das Gaivotas, 155. Epifânica, olhou para o restaurante, realmente sua vida havia mudado; ela poderia procurá-lo.

Nove horas da noite, provas e planilhas. Renata toma mais um café. Instagram para postar a foto da lua cheia enquadrada na janela do apartamento que acabara de alugar na Vila Leopoldina. Não seria difícil para o leitor mais imaginativo pensar numa moça relativamente jovem de camisola, morena, cintura fina, coxas perfeitas atravessando a avenida da vida como se fosse este desde sempre seu destino. Computador novo, sofá reciclável, mesa para computador home office reforçada e cheia de trabalho. Olhou para a pilha de provas brancas e lembrou do sorriso marcante do seu primeiro amor. Ele, Kleber, o primeiro amor, tinha senso de humor, presença de espírito e dentes lindos.

Escola, casa e provas. Divagou: *não sou burra, sei o que faço e estou fazendo porque não sou burra. dizem que os burros são totalmente inibidos e acreditam nas coisas da vida. é óbvio ululante, e querer moço loiro ulula, também.* Causos e coisas de mazombos. O loiro, Kleber, seu primeiro amor, poderia voltar a fazer parte da sua narrativa? Não, Renata não é uma personagem mazomba. *Nada a ver.* Mas o que fez o coração de Renata bater forte foi perceber que no íntimo já sabia de sua atração desmesurada por homens com corpo delicado, feições bonitas e gentis. Detalhe: Renata e Kleber namoraram no tempo de escola. Na Universidade, cada um foi para o seu lado. Delicado, Renata, por quê? Porque era tímido e não sabia da missa sequer o "pai nosso."

Com o celular na mão online no Instagram. Lembrou do aluno suado, enxugando o rosto com a máscara. Renata não o reprimiu, pior foi a adolescente hippie de boutique que também estava suada e ficou de costas a aula inteira. Por que ela, a nova Renata, não fez nada? Tinha certeza de que dava conta de tudo. Quis esquecer a escola particular. Envergonhada e insegura, procurou Kleber Cintra Virella na rede. O seu primeiro amor. Pegou a prova da Maria Vitória Dziidovsky Langraffy: não prestou atenção. Voltou para as redes: achou-o em Londres. *em Londres? nunca mais vai me convidar para montarmos barraca e acamparmos juntos.* Renata solitária, numa esperança vaga, continua insistindo nas velhas chaves que não abrem mais as portas. Num misto de desalento e abandono, acreditou que iria fazer sexo novamente com o carinha que amou aos quinze anos. Pediu amizade. Olhou a lua no céu, seu gesto pode se explicar pelo torpor.

Nunca haverá remissão para quem não esquece um ardor do desejo. A vida do primeiro namorado estava completa, ele aparentemente morava numa church row rica em detalhes. Havia fotos lindas no Instagram de Kleber. Piccadilly e St. James, Soho, Covent Garden, Chelsea. Os olhos de Renata brilhavam ao maravilhar-se com Kleber, nos canais londrinos, bem-vestido, bonito e diferente. Seu primeiro amor sorrindo nos parques e jardins ingleses.

Foi no Bibendum, no antigo edifício da Michelin, que ele respondeu: *oi, aqui há uma ótima carta de vinhos, Renata, quer vir para cá? estou falando sério. podemos nos rever.* Ela, na reunião pedagógica online, começou a conversar com ele pelo Instagram. Numa semana secreta de cumplicidade e uma espécie de amor, antes mesmo de se reconectarem de verdade, marcaram um "date" online. Ela estava madura, realizada, tinha bom salário, já conhecia os homens, iria falar pouco e ouvir, importante saber ouvir os homens – as mulheres não conseguem ouvir, desandam a falar – refletiu. Mas ela aprendeu a ouvir, cumpriria os rituais; além disso, sua existência estava feliz, apesar do excesso de trabalho.

Contemplando as esquisitices, somos às vezes acometidos pelo desejo de amar. Renata estava amando como se tivesse quinze anos. Amor de quarentena. Amor online. O fetiche, como se sabe, esquenta a sexualidade. Obcecada, fetichizava Kleber. O objeto do desejo deixou o olhar da professora com um excesso de obsessão e arrogância. Fetiche é fátuo, de difícil dissipação.

O "date", o encontro online, aconteceu, no meio da quarentena. Reunião pedagógica pesada. Pequenas faces travestidas em palavras duras, um par de meias no chão, um lar sem cão com o chão acarpetado. Acabou a reunião, e os professores marcaram um bar virtual, espaço de desabafo na pandemia; o incômodo de olhar a tela; a falta de humanidade da instituição apoiada no desgoverno, perseguição, burocracia e medo. Renata, de hábil competência profissional, tentou nomear sozinha, em casa, o amor, *eu preciso dele, desse homem*, decidiu que afinal tinha de decifrá-lo, ao mesmo tempo, convivia com uma sensação desagradável, porque a parada era virtual. Kleber a deixou desorientada, impulsiva e destinada a manter seu desejo ardente, que não era fácil de nomear.

O bar online dos professores começou; o date seria bem mais tarde. Professores, pessimismo, gestão, mortes, medo, humor negro, antidepressivos, destino, punições, alma, rostos pequenos e solitários na janela de um computador. O professor de filosofia abriu um vinho – *é... permanecer na ignorância seria uma dádiva.* Renata abriu o vinho do "date". Os goles davam a Renata a participação no meio dos gigantes que alcançam as palavras; os goles galopantes iluminavam a cidade que ela conquistara.

uma merda de um videozinho de reel para promover minhas aulas de dança? Nada avançava. Decrepitude e doença, dor, excrementos – o nada era um avanço, uma espécie de purificação. A garrafa de Renata já estava no fim, e ela apenas ouvia. *eu não quero dar quatro horas da minha vida para aprender a "ser criativo" na aula online? não! e isso vai me levar a ser um professor melhor, mais reconhecido, mais complexo?* Renata foi abrir outro vinho; *as redes nunca foram criadas para promover interação com o real,* repetia o professor de física com um whisky sem gelo. Angústias e goles solitários, até o professor Jorge proclamar: *tenho aula amanhã.* Na cidade, a madrugada da cidade, e a luz do computador ficou acesa e desejosa.

Estava tarde. Renata mandou um link para Kleber, que ainda estava ocupado com o trabalho. Ela escureceu a luz e colocou uma luz amarela na cara: ele tinha de vê-la, mas luz branca não dá. Bebeu mais e mais. Seu primeiro amor. O vinho acabou. A professora pegou uma, duas, e, na terceira cerveja, Kleber apareceu na tela do Meet, e ela não parava de falar. A criadora de sonhos virou criatura, um monstro embriagado. Kleber ficou um pouco assustado, mas cheio de júbilo, porque estará sempre ligado à sua existência, o primeiro amor conversou até alertá-la: *está tarde, é melhor a gente dormir.* Ela, depois de dois vinhos e das cervejas, concordou, desligou-se com computador e caiu na cama com a roupa que estava. Despertador, aula, e a cabeça de Renata doía da testa aos dentes. E a call? O Meet? O "date"? Meu primeiro amor? Esqueceu tudo, tudinho. Sequer lembrava do rosto de Kleber. Na aula, olhou para lousa e com o giz na mão, concluiu: *o giz é o único objeto sem fetiche.*

ÂNGELA MARSIGLIO CARVALHO

SIBILA-ME

Silvos de saliva cortam,
retidos sob a língua – são beijos espirais;
seus dedos imaginários e elétricos,
obrigam crepitar, sob a perna macia
em sopros de delírio
um suspirar
alia-se ao ranger de dentes
imaginei – nus.

DE BRUÇOS

Conto que faz alusão a uma piada machista

Embalada em papelão e fibras, usada e descartada pelos consumidores. Negócios e pessoas impulsionando a evolução do nosso ecossistema. O papel da embalagem e novos desafios das marcas: inúmeras perspectivas de competitividade e de construção de valor no mercado de consumo. Uma maravilha.

O empresário Bomette Stapassi chamou a funcionária mais atuante da fábrica – a Moça que decorou todos os regulamentos genéricos de rotulagem. *queridinha, eu te chamo aqui e você fica assustada. demissão é no DP, fica nervosa não. gosto de entrar em contato direto com meus funcionários. você quer atuar na ABRE? na Associação Brasileira de Embalagens, quer atuar na nossa indústria com embalagens e no universo de consumo?*

A Moça assediada, paralisada, praticamente embalada, vai conseguindo, aos poucos, articular as palavras – *eu? por que eu?*

se não quiser, queridinha, retiro a recomendação. achei que você queria crescer na Sandis; nossa fábrica quer estratégias sustentáveis; queremos novas abordagens de negócios, são as dinâmicas de um varejo que vai até o consumidor.

O olhar malicioso do chefe a desconcertava; atrapalhada, não sabia se devia agradecimento. Apreensiva e encabulada, engoliu a fala, queria pouco, sempre sonhou com carteira assinada e salário razoável. Riu nervosa, pensou no cheiro da carne maturada gordurosa e embalada em plástico grosso. Tinha consciência; eventos assim acontecem, estava com a cabeça na vertical numa tábua de churrasco, era como se fosse obrigada, não podia mudar. *vou, sim. uma maravilha, quero estudar sustentabilidade, macroeconomia e cadeia de consumo. já fiz treinamento em regulação e rotulagem, Sr. Bomette.* E não deu outra: a ABRE entrou na vida da Moça para detonar tudo.

Décimo-sétimo Congresso Brasileiro de Embalagem. Dois dias de outubro e sustentabilidade em São Paulo no Centro Fecomercio de Eventos em 2016. *estou aqui para isso? estou no mesmo quarto que o Senhor?* Bem enérgico, Bomette respondeu: *você é digna de lástima, sem dúvida.* A língua, os lábios, dentes, saliva, suor, suspiros, aí. Chupa. Lambe, fraco, forte, troca de seio, apalpa... Logo virou gerente. Iria para a Espanha estudar macroeconomia e cadeia de consumo. O bicho pegou. Língua, lábios, dentes, saliva, suor, suspiros, aí. Chupa. Lambe, fraco, forte, troca de seio, apalpa.

O tempo acontece. Vigésimo Congresso e Expoville SC. Bomette e Moça em Joinville. Telefonema da Sra. Stapassi – o empresário atende com voz baixa e cautelosa: *olha só, amorzinho, volto para te ver: dia das mães.*

Aproveitou a estrada para pegar Sogro e Sogra no aeroporto. Deixou a Moça lá no ponto de táxi e foi pegar os Velhos para o almoço na casa da Família. A Mulher não queria cozinhar: *que faça um churrasco; adora carne, come sangrando.*

Na Marginal, ao comentar com os Sogros a vantagem de terem vindo no domingo, notou que havia um par de sapatos debaixo do banco. Filha da puta. A filha da puta já quer me ferrar. Língua, lábios, dentes, saliva, suor, suspiros, aí. Chupa. Lambe, fraco, forte, troca de seio, apalpa... Pegou um dos sapatos e – zás – bem rapidinho, guardou o outro pé no vão entre a porta e seu banco. Ainda bem que a filha da puta tem pés pequenos. Sempre com a voz sonsa, mansa de mulherzinha submissa; já deveria estar preocupado com ela. É profissional. Que filha da puta do caralho.

Bomette resolveu ir pelo Centro. *faz tempo que não passam aqui, não é? São Paulo no final de semana é uma beleza, vale a pena ver o Centro.* O problema é que ele tinha de jogar o outro sapato sem os Sogros perceberem. Língua, lábios, dentes, saliva, suor, suspiros, aí. Chupa. Lambe, fraco, forte, troca de seio, apalpa. Ela sempre me fixa fumando com ar de enfado, deixa transparecer uma grande hostilidade. Virou profissional: desculpa esfarrapada, quer alguém que a ampare e proteja. Eu deveria ter adivinhado que aquela vozinha dela, de megera meiga, do princípio ao fim, estava armando. É isso. Se a Moça vivia comigo em todos os eventos, eu tinha, no mínimo, obrigação de saber que o coração dela pulava pela boca. Me deitava com uma morta, ela resistia, dizia que estava no trem fantasma. Mentirosa, farsante, mulher quer família, se punha aos pés dele e chupava – submissão é desejo de casamento.

Tinha de jogar o sapato. E, se algum pedestre visse, e mais, se algum pedestre o alertasse ou alguém de outro carro falasse, poderia até gritar. Língua, lábios, dentes, saliva, suor, suspiros, aí. Chupa. Lambe, fraco, forte, troca de seio, apalpa... Foi logo ali na Estação da Luz que apontou. *olhem, o Museu da Língua Portuguesa já está reformado.* Os Sogros lançaram um olhar sem valor, o empresário jogou rapidinho o sapato bem na mudança do sinal, num passe de mágica. Satisfeito, recordou, saudoso, não é que a filha da putinha me ama. A língua, os lábios, dentes, saliva, suor, suspiros, aí. Chupa. Lambe, fraco, forte, troca de seio, apalpa... Ele gostava dela, porque falava pouco, não atrapalhava, não exigia nada, era agradável, mas a Família está em primeiro lugar; o Filho já estava na publicidade da Anhembi Morumbi. Inovação e Tecnologia. Eventos. A Filhinha só tinha onze anos, iria sofrer muito.

Aliviado, começou a conversar com o Sogro sobre a arapuca histórica da esquerda: guerra, golpe de Estado, atentados terroristas, índios de arco e flecha na frente do Congresso atacando a Polícia Militar. *depois, esses comunistas se sentem heróis com fotografias deles nos jornais, nas redes sociais; a gente tem de andar armado; os ateus são cruéis. tenho uma teoria absolutamente comprovada pela história: sei que os religiosos só querem aproveitar a vida, querem paz. eu não quero a caveira de ninguém; se uma mulher islâmica quer trabalhar, e agora elas têm de ficar em casa – não interessa. o governo americano só quer ajudar.* Língua, lábios, dentes, saliva, suor, suspiros, aí. Chupa. Lambe, fraco, forte, troca de seio, apalpa.

A Moça, em casa, ficou nua, absolutamente nua. Os sapatos no carpete jogados num ângulo formado por duas paredes brancas. Num apartamento com pouca mobília, pisou no chão macio, neutro e bege. Reduzida a um espaço sem perspectiva, a Moça se constitui estável e autossuficiente, um ecossistema de embalagem. O cenário é impecavelmente limpo, a mulher nua se expõe nas janelas pequenas aos voyeurs secretos. Na prisão solitária, nua, revela como funciona o desejo. É sua própria nudez recalcada, defensiva e provocadora que ultrapassa os limites inconcebíveis, indiscutíveis e inexplicáveis da intimidade com os biquinhos dos seios arrepiados e sua xoxota despida de pelos, como se fosse uma profissional iluminada pelos espertos publicitários, que dão ao corpo uma auréola suculenta das presas da serpente. Mas o que dizer sobre a postura estática, o olhar defensivo e provocador? Seus olhos amedrontados e fixos revelam sua intimidade. A mulher nua escarnece, zomba com seu corpo. Ativa, solitária, misteriosa, goza da nudez com brutalidade. Anda de um lado para o outro do apartamento, jovem e bonita, é gerente de Negócios e Relacionamento da Sandis. Despida de embalagens, pura e livre de promiscuidade, sozinha na languidez feminina.

Bomette em casa, e a Sogra não saía do carro. Tirou as malas. Gritou que iria ao açougue para a Mulher. O Sogro também continuou dentro do carro. A Sogra procurava os sapatos. Seus pés pequenos ficaram inchados com a viagem. *algum problema?* Língua, lábios, dentes, saliva, suor, suspiros, aí. Chupa. Lambe, fraco, forte, troca de seio, apalpa.

De bruços, se vira e sorri. O tempo acontece. Saiu da Sandis. Agora é outra mulher. Abraça, sente, beija, respiração ofegante, totalmente úmida e desejosa. Explode em sincronia. A vida é outra. Murmura satisfeita fumando um cigarro: *tenho pavor de lembrar.* Desimportante na dimensão da libertação, sem embalagem, embrulho nem rótulo, foi acometida por um acesso de desejo sem competência profissional, mas com a paixão do amor sublime.

CHAPEUZINHO

De ontem amor
grandes imensas as florestas
fiquei perdida.

poxa você não é minha vó!

onde é sua casa?
levar-me-ei doce
tiro a roupa
abre esta porta
de funge
finge que é mau.

ÂNGELA MARSIGLIO CARVALHO

COBREJA

Era uma vez uma mulher muito bonita que se sentia perseguida. Ela andava para todo lado com as orelhas trazendo aquelas frases; era coisa de coração. Coisa séria. Ficou branca como carne de peito de frango. Logo ela, que gostava de repetir que a gente tem de ver as coisas boas da vida. *o que queria comigo aquele desinfeliz? nunca fui divertimento. estou com febre. a vida vai me voltar devagar. vou ficar boa com os ares da serra. a ausência me obriga a cair na realidade dura. não queria mais isso, passei de novo a sofrer como se fosse uma condenada em sentença.*

A ausência oprimiu a Ariane cada vez mais. Ela dizia: *tenho de matá-lo, sustento fogo, e nos tiroteios as minhas fúrias são de jararaca.* Leitor, pense numa mulher controladora. Ariane era do-mi-na-do-ra e perseguia todos os passos de Diego desde o namoro. Fez o mesmo com Renato, Mateus, Rodrigo e Victor, e até criou fama. Ariane Perseguidora, que sabia ouvir, falava pouco, uma serpente, mulher que gosta de envenenar, brigar, desde pequena arrumava discórdias. A briga iria ser feia, anunciava.

Todo-mundo (para Ariane) soube que ela iria matar para não morrer. Pior é que não conseguiu atirar e levou um tiro no peito. *no dia do ferimento, quando senti a bala atravessar meu peito, vi meu sangue correndo como água de fonte de pé de serra, um fio vermelho na terra quente. senti a morte, disse que ele faria isso, não disse? Diego queria que eu morresse feliz, sem medo, sem dor, só com a secura na boca? não morri pela Graça de Deus.*

As tardes mornas encheram o corpo de Ariane de coragem. *a vida há de tomar conta de mim e meu peito ferido não há de doer mais. vou criar raiva, eu não queria, mas a gente tem de reagir se tentam matar a gente. criarei raiva, endurecerei meu coração, tenho que matar, matar nas fúrias com ódio de morte. parei de ficar doente e chorar no triste viver das emboscadas. não está entendendo? pior para você. sem versos minha alma seca. é preciso viver assim, não sei matar bicho e tenho de matar gente. a vida já está decidida. não fui eu que quis.*

Diego dizia que tinha de pensar em cobras para entreter os pensamentos de Ariane, e ninguém entendia por que ele necessitava da voz, dos modos e violência daquela mulher ácida. Ariane perdeu o amor às coisas da vida, tudo perdeu graça, e Diego tinha de dar o habeas corpus, o salvo conduto. Tudo que era bom sumiu com o sangue que ensopou a terra. Ele teve de libertá-la ou queria se livrar do cárcere, porque Ariane era controladora, telefonava dia-inteiro com câmera, cheirava roupa e corpo, fazia análise sintática e morfológica da cueca e imaginava tudo que ele tinha feito – pior, sabia de todas, tudinho, como assim? Ariane estudou retórica, era espertíssima, ao mesmo tempo; Diego dava bandeira, e o povo fala. Como ela conseguia? Sabia quem ele era.

Mulherengo, garanhão, pegador, enfim o típico esconde-esconde. Era dos amores frívolos aos ardentes. Toda chama de amor virava fogo. Incêndios? No mínimo três, diz-se que é insegurança, ou homem assim é um espécime de animal, bicho novidadeiro, caçador – um tipo que adora o começo do jogo amoroso, gosta de paixão, quer ser caça, adora ser fisgado ou algo que o valha. Ariane tinha muita imaginação e experiência, vivia em silêncio, só observava, não tinha amigos nem conversava com ninguém.

Sabe-se que a vida muda. Desde o tiro no peito houve uma metamorfose. O coração não se partiu com dor – ficou seco. Ariane queria, porque queria: matar. *matar é não ter pena, é olhar para a morte e, se a morte chegar, chegará por necessidade. não vou correr de um lado para o outro feito doida. já disse, a vida não é equação. estou envenenada, com cobra no corpo. sinto muito, nem é bom contar, mas conto para que entendam, o pior foi o desgraçado do silêncio. ele atirou e nem prestou ajuda.*

deixou-me em petição de miséria. tenho pavor de lembrar, arrastei-me no asfalto, caí no chão, e ali mesmo – ele não perguntou se sentia ou precisava de ajuda. fiquei com medo de gente. não posso afrouxar. tenho de fazer tanta coisa, tenho de levantar, senão amoleço e perco as forças. Com a morte perto, Ariane sentia uma grande mudança na sua vida. A vida seria outra. *a força dos versos há de me recuperar.* Versos de cobra venenosa.

Venenosa mesmo é a naja, depois tem a cascavel, cascavel-sete-ventas, coral da verdadeira, jararacuçu, jararaca-pintada, surucucu, urutu, sucuri, jararaca-da-seca, cobra de Raddi e bicuda. Estas são as mais perigosas. Mas tem gente que tem boa intenção. Tem cobra-espada e jiboia, elas dão problema, mas não matam. As mansas que só assustam são cobra-papagaio, cobra-d'água, papa-pinto, quiriripitá, cobra-cipó, caninana, coral falsa, jararaca-da-praia, muçurana e limpa-campo.

Tem até as que ajudam em casa a jiboinha, elas comem rato. Tem também umas que não fazem nada, só dormem, a dorme-dorme e dormideira. Ariane não queria dar problema, sequer assustar. Fechou o cerco. Ariane não descansava. Os dias felizes dormiram. O pior é que as personagens narradas aqui não têm dor nem remorso. A vida é outra.

Não há de aparecer um homem que possa. Ariane chegou para matar. Diego, assustado: *saia-se daqui.* Num repente, Ariane falou rápido: *onde tem galinha não tem cobra.* E foi nessa fração de segundo que Diego sacou a arma e Ariane levou o tiro fatal na testa.

O PROVEDOR DE LÁGRIMAS

Elegante anti-herói, cercado de valores errados, que explora as mulheres e as aparências: é mulherengo e bígamo, pois sempre tem um sério relacionamento, uma namorada apaixonada por ele, e a quem ele usa sem pudor. Explora as mulheres por vaidade.

O INFINITO DÁ DE MAMAR

Sem ar,
oscila,
se aproxima,
se encontra,
atrito entre seus evasivos corpos acalora uma faísca nas cascas de árvores secas.

AMAR É CRUEL

O amor é uma parada desumana. O Bruno está melhorando rápido, hoje passou o dia sem febre. Fica fechado no quarto o tempo todo, no computador, sem ter que ir à escola, o paraíso para ele. Quando vi que meu filho estava com covid, fiquei louco, no dia seguinte já estava exausto, na verdade sei que pai só serve para encher o saco.

Faço café, almoço e janta e deixo a bandeja na porta do quarto dele. Depois pego vazia. Sou tipo serviço de quarto de hotel cinco estrelas.

Ele pede o que quer comer e faço. Hoje, por exemplo, quis para o café ovos mexidos com peito de peru e queijo suíço, torrada de pão havaiano com manteiga e sucrilho sabor canela com leite achocolatado. Suco de laranja natural para beber.

Almoçou filé mignon com um puta arroz agulhinha bom que fiz, acompanhando broto de espinafre e broto de feijão refogados no alho, cebola e mostarda. Salada de alface, acerola, repolho, cenoura e rabanete no vinagrete também. Bebeu mais suco de laranja, vitamina C.

Vai jantar um sanduíche de peito de peru e queijo com mostarda Dijon no forno com acompanhamento de batatinha frita e uma água com gás com sabor de fruta sem calorias.

tá sendo mimado pra caralho.

Ele fica no quarto dele e eu no meu, as portas sempre fechadas. Nos vemos no dá-lá e pega-cá de máscara. Por enquanto está funcionando.

Acho que não estou com covid, pois não tenho sintomas. Não quero fazer o teste, pois não me interessa, só faço se me sentir mal. Trabalho em casa, estou sozinho com Bruno; Carlinha, minha esposa, está no Canadá. Não gosto de ficar sozinho; Maringá é quente e me amolece. Ainda por cima, meu filho é um moleque de dezessete anos muito folgado – eu, na idade dele... Vocês nem imaginam. Mas, tudo bem, essa geração vive a pandemia. No meu tempo, tive muitos caminhos marcados pela mobilidade. O princípio e o fim de um percurso da vida me aproximavam de uma consciência. Penso que se trata da consciência de mobilidade, que trouxe minha condição de existir diferente, sensível, racional e capaz de não ter certeza da exata condição das coisas da vida. A imobilidade que nos cerca, agora, imposta pela pandemia, deu ao meu filho essa maldita certeza de que as coisas são elas mesmas e não outras. É a imobilidade do pensamento, incapaz de mobilizar as relações importantes para a vida; o problema consiste em reduzir os diversos acontecimentos agradáveis ou desagradáveis do espírito à ausência de sentido. Bruno não tem noção da realidade. Mais do que a questão dos limites que o restringem, está a descontinuidade temporal, porque tudo parou.

Estou mal; hipertenso, com muito trabalho, e, para completar, cuidando do Bruno, porque o cara não tomou a quarta dose e pegou covid. Ainda mais: os procedimentos do meu filho não têm motivação, ele está no universo fechado de sentido, nas paredes invioláveis, num núcleo centralizador silencioso, espesso e virtual. Não consigo romper a esfera dele. Sinto que ele não me respeita.

Com meu estado de espírito, me pergunto: como é que se avalia respeito? Tenho um monte de teorias, porque respeito as vontades da minha mulher. Conheço o respeito, tenho um monte de respostas quando me deparo com essa pergunta. Eu e minha mulher nos respeitamos e concordamos, porque estamos juntos não para servir, mas para ajudar um ao outro.

Minha mulher voltará daqui a seis meses para o Brasil; espero ansioso minha alma companheira, meu coração sócio, estou tranquilo na convicção de que ela precisa estudar. Conhecer, aprender e estudar para ela é uma catarse de emoções. Não gosto de ficar só. E confesso que minha esposa se revela cada vez mais companheira, ela consegue despertar em mim um entusiasmo para essa nova rotina. Muitas vezes me interrogo acerca da nossa amizade inabalável; Carlinha não deixa de enxergar minhas intenções e pensamentos reservados. Senti-me só, demorou duas horas, e ela me ligou numa chamada de vídeo e logo começou a me acalmar, riu das minhas reclamações e declarou-me com força de resistir a tudo o que estava acontecendo.

aqui é a mesma coisa, amor, a Paloma, a adolescente canadense, sabe? achou que estava com covid e, antes de fazer teste, queria cancelar a festinha que meu colega de doutorado organizou. ainda bem que a mãe falou: "fique no quarto, Paloma. não jante". amor, aqui os pais são mais rígidos.

chuchu, como está seu curso por aí?

meus colegas aqui da Toronto University são iguais aos do Brasil, amor, trabalham com muito envolvimento. a universidade é linda, foi fundada em 1827, sabe? uma viagem... estou amando tudo aqui. tenho um professor orientador muito sério e legal: vou conseguir abordar os quilombos do Vale do Ribeira, mas tá todo mundo de saco cheio de movimento social. é tão difícil falar do Brasil aqui, porque as classes são homogêneas.

e seu inglês, chuchu?

está difícil, mas vou conseguir, amor. estou aqui para isso, né?

vai sim, chuchu...

Bruno grita pelo pai do quarto fechado.

nossa, tenho de fazer supermercado, vou perguntar o que ele quer comer amanhã... ele está no quarto fechado, fico preocupado com o universo cultural dele, entende? os valores, interesses; agora, está isolado.

ÂNGELA MARSIGLIO CARVALHO

O filho grita mais alto pelo pai do quarto fechado.
boa noite, amor. vocês vão se conectar, você vai ajudá-lo a ampliar interesses, daqui a pouco ele vai sair da caverna!
Do quarto fechado, mais um grito.
boa noite, chuchu, tenho de alimentá-lo. te amo.
te amo, beijos, amor.

BICARBONATO

Problemas sempre escondidos e, ainda assim, predominantes. A ficção consegue proporcionar um envolvimento emocional que nem sempre os acontecimentos alcançam. Narrar é experimento e tem força ao mesmo tempo urgente e histórica. Narrativas enfrentam questões atemporais de amor e liberdade, perda e redenção, apego e náusea de sobrevivência.

Bicarbonato: uma colher à noite com água, incenso para os cheiros urbanos e luz vermelha que poderia ser amarela, azul ou verde. Luz primária para o ócio e a paralisação do olhar. Uma luz para transformar o cafofo em cenário, mas tem personagem? Sim, o protagonista é o Ócio; ele diz que a narrativa tem de ser curta.

Ócio come uva passa porque é açucarada e, talvez adoce suas rugas. Ele não come, porque simplesmente não faz. A fome é criativa, porque transforma água em alimento líquido transparente e sem gosto. O conto nunca será publicado? Ou é apenas um conflito escrito com agonia, ternura, que quer de volta um mínimo de atenção ou interesse? Fato: ninguém quer saber do Ócio, por mais criativo que seja, porque ele não vem com pipoca.

A certeza é desesperadora para o Ócio, ele detesta a generalização e conhece muito bem desilusão, insatisfação, decepção e desamor. Ele tem intuição, porque odeia certezas, sente que escrever não tem a ver, porque escrita não interessa. Ócio é lindo de morrer, tem lábios grossos, e cabelos fortes munidos de mãos e pés e unhas grossas, que não pode mostrar a todos. Ócio é miscigenado e encanta a todos pelas maneiras agradáveis sem fingimento. Ócio é um mistério a quem lhe dá valor, e há quem diga que visto mais de perto é vulgar. Ele inspira a índole pela circunstância do mistério que está envolvido e resiste à paixão para salvar consciência e consideração intactas.

Ócio professa para a eternidade – cousa estranha para o personagem – *respeite os outros, e às exigências femininas, mas respeite você mais do que os outros – respeite tudo o que você imagina que é maligno em você, não imite uma pessoa ideal, porque você é seu único meio de viver.*

BOCA

Cantem e cobicem
mas é santa?
ao contrário
da boca faz boceta.

VIAGEM IMAGÉTICA

A parada do céu é muito careta. Entende-se bem devagar que o idílio com Deus está no céu. Não tem idílio na obra épica teológica. No céu, não dá para rolar egocentrismo ou primeira pessoa: Deus é.

Não dá para planejar Paz. Não dá para planejar nada mais nada menos que um mês, um dia, mas a gente insiste, ou melhor, tem gente que insiste. Vem o dia do sacrifício, dia de lágrimas insustentáveis; a mulher que tem a cabeça virada chora e suas lágrimas escorrem na fissura entre as nádegas; as palavras sangram; o choro das crianças petrificam um sujeito que morreu de fome, um pai que morre de fome morde os punhos, e os filhos pedem para o pai os comer; os olhos de Lúcifer pingam sangue e baba. Deus não tolera sacrifício de inocentes. O céu divino há de proteger e orientar as pessoas com dignidade, honestidade, justiça e generosidade.

No céu, mora Fé, uma mulher de essência muito forte. Traição, inimiga da Fé, mora no limbo e é a companheira dos homens que mentem; a alma deles não é forte, os corpos que compactuam mentiras queimarão na dimensão temporal eterna, serão levados ao inferno por seres com asas, garra de ave de rapina e cabeça de mulher. Terror e beleza.

Verdade Divina e Fé, encantadas com a visão da noite estrelada, ampliam o âmago dos valores juntamente com Esperança, elas são muito amigas e conversam sem parar. Esperança repete como um disco riscado que não é nem pode ser pacífica, ela nos atinge como portões que se abrem para espaços que podem ser criados na direção do novo, não são aberturas fáceis, pelo contrário, abrem-se portões para o desamparo, para a difícil e árdua viagem da criação.

ÂNGELA MARSIGLIO CARVALHO

Esperança tem inteligência angélica, é equilíbrio, amor e luz que acolhe, ela sempre foi e será bonita – afirmam.

Tem mais, violência e amor não mudam o livre arbítrio. Na oitava esfera do inferno a brutalidade dos demônios castiga os fraudadores com febres altas e espíritos que os roem suas cabeças como ratos. Pior é a nona e última esfera do inferno, porque nela os traidores são mastigados continuamente pelas três bocas de Lúcifer. Em sua face, Lúcifer traz impotência, ignorância e ódio. A luz dos anjos se manifesta no intelecto criativo, profundo, agudo e penetrante. Já contaram ao leitor que o inferno desta narrativa é o quarto fétido de um hotel barato no centro da cidade. No céu sem estrelas, o amor que rola nos quartos dos inferninhos não é de mãe, é desleixado. Pense, leitor, nas visões infernais, na perversidade, desigualdade e na insensata bestialidade dos homens.

Diz-se sempre, quando uma criança morre, que ela virou anjo. Morre-se muito agora. Amor de mãe tem chama de claridade e fonte de beneficência. Esperança anda de mãos dadas com Verdade Divina, Paz, Resistência, Fé e Inteligência. Os anjos olham essa turma de mulheres e concluem: todo mundo deve ser amado. Pátria é mãe. Nação ama o povo, muitos aqui nesta pátria viram anjos. O céu não gosta de aglomeração.

DAI-ME A PAX

livrai-me de mim todos os pecados do mundo
a janela se abrirá como limão cravo.

nunca viveremos
um conto de fadas
nem fardas

livrai-me de mim todos os pecados do mundo
a janela se abrirá como limão cravo

ORAÇÃO PROFANA

remoinhos das fogueiras bruscas
energia eólica
que sangra em altas labaredas d'água
espelho ameno como a distância
não quero recordar
rezarei

seu rosário de guimbas dispersas
para seguir sem lembrar
da vontade, do acaso de
dar em árvores estéreis.
rezarei

Arame Farpado, desta vez você feriu o horizonte
não serei mais povoada das suas coisas.
Orarei por seu corpo
ajoelharei
rezarei
Um rosário de espinhos.

Arame Farpado, desta vez você feriu o horizonte
não serei mais povoada das suas coisas.

ÂNGELA MARSIGLIO CARVALHO

BONECA DE PORCELANA

Valéria era uma boneca branca e translúcida. Pensa numa boneca vitrificada, resistente, transparente, uma beneficência. Amparava? Sim, mas era temperamental, mulher que melindra. Magoada, sentiu-se ferida no amor-próprio, e a melindrosa acordou com nojo de Evandro. Olhou para ele dormindo e entendeu por que as mulheres que não conseguem mais transar com os companheiros. As noites em que ele a desprezava já tinham mostrado que Valéria estava diante de um Demônio, um homem que iria trazer confusão. Os Demônios não aceitam o certo, não têm medida ou ação, porque estão impregnados de vaidade, traição e orgulho. Demorou para cair a ficha da pobre Valéria, porque ela sempre se envolveu com homens normais, protetores, celestiais, Anjos do Mar. Irritada, pegou fogo:

você está comendo a Marli, eu sei; ela me disse, não acredito. tem mais, olha para a mulher que você está chupando a boceta e trepando como se olhasse no espelho. uma puta.

Evandro resolveu passar os últimos anos da vida dele com Valéria; eles se conheceram aos sessenta anos, tinham a mesma idade, e ambos eram divorciados. A boneca de porcelana, branquinha como uma nuvem, deixou o sessentão alucinado. Valéria tinha um corpo acinturado, o cabelo bonito e cheio, e olhos caramelizados. Não foi fácil conquistá-la. A boneca "antes" queria conhecê-lo, não era do tipo que vai dando logo no primeiro dia. Foi aí que a parada pegou fogo, porque os dois gostavam das preliminares.

Evandro e Valéria começaram a passear de mãos dadas, começaram a dar beijinhos no cinema, começaram a tirar selfies e se fotografarem; depois ela ficava olhando as fotos dele e ele as dela – coisa de gente apaixonada. No começo, Valéria mostrava as fotos do "crush" para as amigas, que a questionavam: *ainda não transaram?* Não, mas já tinha intimidade e Valéria falava com Evandro com voz de criancinha: *o que vochê qué, bebê?*

Como assim sessentões nas preliminares? A parada foi bem brega. Os comuns não têm senso de ridículo, conteúdo crítico; eles convivem socialmente na zona de conforto – não hesitam em barganhar ideal por prestígio, não se questionam, vivem de certezas, apolíticos e sem conhecimento da luta de classes, escravos do consumismo, inconscientes dos mecanismos de defesa, dos conflitos emocionais – são os homens iguais. Nos primeiros encontros na rotina de apaixonados abstêmios e, num silêncio histérico, pulavam mendigos na calçada para aos sábados comer no restaurante por quilo caro no Arco da Lapa.

Nas últimas jornadas da vida, os sessentões não demoraram para cantar belezas da vida e do amor, e, começaram a trepar como os movimentos das ondas, como as espumas do mar. O casal preferia ficar trancado num quarto com um Home Theater Bluetooth Bender branco, quatro caixas de som e uma cama Super King Size. Evandro comprou uma Alexa para eles, e Valéria, radiante, foi reservar a data de casamento. Ela só mudou com tudo pronto, inclusive casamento na igreja abençoado pelo padre. Casamentos como o deles precisam de posses, eles fizeram festa e juntos eram um sistema econômico. Um relacionamento de finanças, gastos, aplicações, compras e mercado. Alexa, Evandro e Val. Alexa passou a tocar as mesmas músicas, dar a previsão do tempo e ouvir as perguntas e pedidos de sempre. Luz azul e luz amarela. Ouvir e processar pedido. Tudo esmarte e automatizado, inclusive a vida.

Vida voucher. Tudo com seguro pago e bons hospitais; seguros que afiançam futuras despesas com mercadorias ou serviços. A garantia de que os consumidores Evandro e Val usufruíam; eram produtos com serviços contratados. Comprovantes de pagamento, cupom ou vale-compra. Valéria podia fidelizá-lo. Valéria ficou tranquila, relaxou e engordou. Diferentemente, Evandro, vaidoso, egocêntrico e materialista, praticava esporte, andava muito todo dia, entre 14 e 20 km, e tentava se alimentar bem no geral, se sentia feliz.

Amigos, festas, sacolas cheias e a euforia do novo. Um intervalo de tempo, três anos e Evandro, que dormia com uma boneca de porcelana, acordou com Iansã. Ventos e tempestades vieram, porque Evandro realmente tinha transado com a amiga deles; logo a Marli, que apresentou os dois. Na cama, o sessentão ficou olhando para as canelas grossas da Val, lembrou que o pai dele dizia que mulheres de canela grossa têm mania de doença, ficam com corpo feio e, na velhice, raivosas e preguiçosas; elas são conhecidas como senhoras dos cemitérios.

Evandro, você sempre foi grosso comigo, toda vez que surto, fica olhando minha canela: estou sendo grossa como minha canela? você merece, você sempre está metido em tramas mentirosas calculistas: para quê? em algum momento você gostou de mim. seu grande erro foi achar que gosto de ser maltratada. seu vício é a mentira. não tenho síndrome de estocolmo.

cacete, você me faz sentir o próprio satanás. pelamor!!!!!!! atira, Maria Bonita!

ainda bem que ouvi um elogio. Maria Bonita? sim, atiro na minha cabeça se continuar com você.

que ódio. quanta besteira. Valzinha, deixa de ser agressiva.

sou agressiva sim. nada para mim foi fácil. sou desconfiada, e forte. procure nas esquinas habeas-corpus para suas maldades.

boneca, de onde você tirou tudo isto? eu não fiquei com ninguém. sua amiga inventou, porque tem ciúmes de você.

Evandro gostava realmente de Valéria, admirava sua espontaneidade e seu jeito de ver as coisas, achava engraçado quando ela ficava confusa e explicava as coisas achando que estava sendo clara. Valéria tinha um sorriso entre a timidez e a safadeza que o seduzia. Além disso, ele contemplava o jeito que ela tratava o filho. Evandro sabia que iria perder a Val com todas as suas personalidades e seu jeito carioca que só quem é do Rio de Janeiro consegue compreender a imensidão. Val, com sua maneira de ver o mundo em todas as cores entre o preto e o branco, a boneca que adorava tomar um cafezinho bem caro no shopping e era católica, uma mulher do reino do céu. Evando insistiu:

Valéria, só tenho lembranças boas de tudo que passamos juntos desde Araraquara naquele dia com um calor infernal, em que você soprava o meu rosto como um anjo. houve coisas ruins? esqueci de escrevê-las no meu diário mental.

Obstinada e birrenta, Valéria não parava de brigar:

chorei pacas, ontem, depois que a Marli me contou que transou com você, fiquei descompensada e agressiva. vou retomar mais uma vez – nossa história acabou, mas foi muito forte. lógico que você não vai falar a verdade, porque não encara verdades. você é covarde.

As ofensas quase diárias de Valéria mexiam com Evandro. Ela não lhe fazia bem. Os Demônios não se redimem. Depois dos insultos, Evandro ficava com um lance negativo pesando no ar do dia dele. Ele entendia que essa era a intenção da Val; pensava, então, que seja feita a vossa vontade. Não havia mais nada a fazer. Além disso, tudo acabou bem desagradável e em termos litigiosos. Fatigado com berros e uma infinidade de injúrias, murmurava *ela faz e fala o que quer, perdeu o respeito por mim.* Os olhos e toda fisionomia expressavam uma indignação inquieta. A relação ficou desagradável.

A paixão vem, cresce a cada verso, estrofe e palavra. Nem todos poemas são bons e muito menos de amor, e é justamente por conta dessa inquietação e incompreensão das relações que o mais importante passa despercebido. A boneca de porcelana escorregou das mãos de Evandro e quebrou.

apesar do que você já tem certeza, Valzinha, nunca tive intenção de te sacanear.

No primeiro domingo depois da separação, Valéria quis deixar claro que o amor tinha acabado, ela repetia todas as ligações com a mesma frase: *não te amo mais*. Evandro passou a odiar aquela frase idêntica e fria: *não te amo mais*. A fala dela vinha como pêndulo de relógio delicado e liso, um mecanismo que a cada vez que Evandro fazia o movimento de ir para a frente: Valéria fazia ele voltar para trás. Evandro tentou fazê-la oscilar, mas a frase *não te amo mais* virou um sistema mecânico regular. Imediatista e pretensioso, Evandro chegou a pensar que ela insistia, porque ainda o amava. Valéria não cedeu: *não te amo mais, tic, não te amo mais, tac. tic, tac, tic, tac.* Evandro deixou de duvidar, não disse mais nada, deixou de procurá-la. As palavras duras são poderosas, ele se sentiu desrespeitado. *maldita mulher, a recusa dela sequer tem por ponto de partida outro amor, era aversão e odiosa imposição. que desrespeito. realmente, minha boneca de porcelana de canelas grossas é a senhora dos cemitérios.*

A vida de súbito vai embora sem perfume de flor, como águas que descem em seu movimento. Evandro envelheceu sozinho a contragosto, sentava todos os dias no mesmo banco da orla de Copacabana. O fim é sem a beleza do nascer de crianças, sem harmonia nem desejo de amor e sem esperança. *aqui se faz e aqui se paga. maldita boneca de palavras perversas... quebrou nas minhas mãos e acabou com minha vida.*

Sozinho, Evandro termina no mar, ele naufraga com seus tesouros perdidos, suas porcelanas, sua Alexa e suas batalhas. É infinita a tristeza do mar, quando ele engole vidas.

SEM CARNE NÃO TEM PALAVRA

fale, então...
falo – adoro falos, não falácias.

MEU MIMO

Seu dedo desliza suavemente na macia pista molhada: sobe arrastando, tira o dedo, volta para baixo, encosta de novo, sobe lentamente.

Daimon pergunta para Caco, deitada sobre os lençóis brancos, de bruços, sem sorrir: *meu amor, a mimese seria, então, a arte de imitar, por isso também, a arte de fingir: ser algo ou alguém sem ser de verdade?* Depois se vira, ela está apenas com uma calcinha que desaparece por entre as coxas de sua bunda.

Caco olha para maciez e suavidade da bunda que prometia brindá-lo, quando ele permitisse deitar-se sobre. Seu dedo desliza suavemente na macia pista molhada: sobe arrastando, tira o dedo, volta para baixo, encosta de novo, sobe lentamente. Caco olha no olho de Daimon e responde:

Platão, em nome da Verdade, amaldiçoou a mimese poética, porque não dá para imitar a realidade... Aristóteles afasta a necessidade da poesia em relação à realidade e à verdade. Para ele a poesia tem sua verdade, que nunca pode ser confundida com a verdade da filosofia e da história.

Caco está excitado, pulsando sem controle. Ela mexe com o desejo dele. O poder divino e misterioso de Daimon geralmente não é identificado, porque pode vir para o bem ou para o mal. Seu dedo desliza suavemente na macia pista molhada: sobe arrastando, tira o dedo, volta para baixo, encosta de novo, sobe lentamente.

a palavra grega "mimese", pela sua raiz, contém o mesmo sema de "imitação", né, Caco?

veja se consigo explicar, Daimon... O dedo de Caco *desliza suavemente na macia pista molhada: sobe arrastando, tira o dedo, volta para baixo, encosta de novo, sobe lentamente...* depois, com movimentos lentos, sussurra:

"mímica", "mimo", Daimon, *mimetismo é a capacidade que certos animais, homens, mulheres, jovens, camaleões e alguns tipos de peixe têm de transformar-se em outras coisas para escapar de investidas perigosas.*

A voz de Caco alcançava o indecifrável de Daimon. Pior, tem gente que acredita que o demônio é inteligente. Seu dedo desliza suavemente na macia pista molhada: sobe arrastando, tira o dedo, volta para baixo, encosta de novo, sobe lentamente. Daimon vira de frente para Caco como se fosse outra mulher; suas bocas querem prazer. Buceta saliente, inchada, levemente úmida. Úmida por conta de alguma fantasia que lhe passou pela mente, úmida pelo roçar dos lençóis, úmida pela perspectiva de seduzir, abraçar, beijar, experimentar e consumir prazer até o talo.

Respiração ofegante. Mãos na buceta: sim, está molhada, totalmente molhada, úmida, desejosa. Seu dedo desliza suavemente na macia pista molhada: sobe arrastando, tira o dedo, volta para baixo, encosta de novo, sobe lentamente. Caco se concentra no papo e pergunta:

qual é a voz do poeta?
coisas verdadeiras que podem ou não ser verossímeis. acertei, professor?
não tem certo ou errado. cada um é um.

Caco se vira para Daimon e sorri. Ela tira a calcinha, que desaparece de vez por entre as coxas de sua bunda, despe a bunda. Deslocada no tempo e no espaço, no ainda, diz:

você me surpreendeu. te amo.

Caco, num susto, retira a mão e não recomeça o percurso. Caco retira a mão e não recomeça. Retira e não recomeça.

que ódio... ela pensa e não diz.

Daimon acredita que as reviravoltas inesperadas podem trazer ganhos inesperados. Ela respira, faz cara feliz e sorridente, depois rola na cama. A bunda desnuda, personificada, mexendo-se, sorri. Sorriso é uma arma de conquista ardilosa que, sem intenção de seduzir, seduz.

vou pôr uma meditação ou estória no Headspace para tentar relaxar e dormir.

O sorriso ficou com cara de bunda. Sem graça, cobria a cara com a mão que apoiava a cabeça, antes virada para baixo, agora para a frente, fitando Caco.

Diversas situações de convivência e emoções entram na dura pista da vida. Daimon peca pelo excesso. Excesso – palavra difícil de escrever, ler e entender. A vida é excesso, porque nasce no gozo. Um excesso de espermatozoides. Daimon se levanta, nua, e repete:

meditação ou estória no Headspace, quero relaxar e dormir, lembra?

Caco se levanta e finge indiferença. *foi um deslize, tudo ocorreu porque a natureza dotou seus mamíferos com um alto senso de prazer. são os prêmios por terem existido, por terem aturado uns aos outros, por terem deixado filhos que lhes são tão lindos.*

nada a ver... mamíferos. quer dar aulinha? você é um puta chato, vai filosofar sobre o mundo dos homens e a função de proteção masculina. ou sobre deslizes? só rindo: foi um deslize... estória no Headspace...

Daimon, às vezes você é natural e me faz bem, aí eu quero ficar com você, mas sua personalidade é sobrenatural. seu caráter poderia ser bom, mas sua alma é inconstante. vou embora, sim. mas você vai me chamar de volta.

Caco foi embora. Daimon entrou no Headspace, relaxou e dormiu. Daimon e Caco nunca explodiram em sincronia.

SALA DE AULA

Na sala dos professores, contou: quando escrevi na lousa hoje, lembrei-me da professora do meu ginásio, Adélia, balançava o corpo ao escrever na lousa. Balouçava todo o corpo. Minha professora do ginásio era linda; eu, um demônio que só olhava e pensava na bunda dela; tem mais, eu adorava quando ela usava o apagador: era rápida. Era Elvis – *don't be cruel* –, era verdadeiramente linda ao vivo e em cores.

ALMA CATIVA

A Reforma estava na casa, ela é a típica mulher cativa, suas vítimas buscam uma identificação emocional, e são sequestradas, a princípio de forma inconsciente, por medo de retaliação ou uma espécie de competição. Quem cura o amor por uma alma cativa? É difícil se livrar do amor por essa mulher, porque há um processo de livramento e de investimento espiritual.

O deque da piscina era de madeira e estava bonitão, recém-envernizado, diz-se que tinha passado por uma superevolução. Foi nesse deque que Neusa se apaixonou pela Reforma. O primeiro passo, para abordá-la e conquistá-la, precisou de determinação, coragem, perseverança e resiliência. As duas ficaram juntas, mas Reforma logo avisou que não tinha relações duradouras; ela é do distanciamento emocional, gosta de compartilhar as atividades diárias com a outra pessoa, mas os relacionamentos nunca duram.

Neusa gostava de rir, mas era implacável com os maus costumes. Reforma, sempre muito educada, falava baixo, fora do trabalho queria silêncio. Neusa queria atenção e começou a gritar:

você disse uma vez que tinha que me tratar de forma desagradável, lembra?

Reforma, perfeccionista, lembrou que a madeira do deque estava apodrecendo. Cuidadosa, pediu:

não pisa aí, porque essa madeira vai quebrar. qualquer dia a gente tira tudo, faz o deque e faz de pedra.

Neusa ficou com raiva, achava que o deque estava ótimo e, disposta a brigar, começou a pular repetindo as palavras que ouvia da companheira. Aos berros, pulava e, escorregando aqui e ali:

qualquer dia? é nunca. está vendo, aqui está podre, e aqui escorrega...

Reforma se dirigiu ao quarto e fechou a cara. Não queria brigar. Ela, admiravelmente bela, tinha uns olhos de matar, tudo nela era fascinante, mas sabia fazer "cara feia". Logo Neusa ficou arrependida, amava aquela mulher reservada, queria agradá-la e, com remorso, correu para se desculpar.

linda, desculpe, te amo toda vez que te vejo. sim, peroba é forte, mas precisa de manutenção. tudo bem, vamos mudar.

Reforma começou a apavorar a vida da pobre Neusa. Reforma parecia uma onda de poeira e sua voz se transformou num barulho ácido e ensurdecedor. O deque seria substituído por pedra mineira. A noite de Neusa foi infernal, aquele dorme, acorda, dorme – ela resolveu ceder por amor, e porque a CASA ficaria bonita. As duas seguiram a vida na projeção e proteção aparente, mas Neusa se sentia serviçal, porque sempre obedecia à Reforma, porque a mulher tinha alma sólida de concreto. Manja?

As brigas começaram a aparecer. O amor começou a pegar no reverso e comer Neusa por baixo, como um veneno. Neusa ficou carente e perdeu a vaidade, amiga que queria sempre ao lado. Reforma ficou perversa; ela ditava as regras, não atendia às chamadas de Neusa, que telefonava para perguntar onde ela estava. Se Neusa ligava várias vezes, Reforma desligava o telefone, e, depois, com um tom autoritário:

não dá para falar com você quando você age desta forma, oitenta mensagens de whatsapp, você fica pipocando no meu bolso, não percebe que estou trabalhando e não posso lhe atender. não adianta ligar se você entrou em curto-circuito, Neusa, eu já disse, desligo o telefone. não atendo, não vou atender, não posso parar o meu trabalho porque você quer falar comigo. tem mais, não quero falar com você quando está assim. pior ainda é quando você bebe. olha, não tem negócio, você é um inferno, não vou conversar com você bêbada. desligo mesmo. será que você não percebe que não posso falar com você se estou trabalhando?

e bêbada?

sem comentários.

não percebo não, você é uma puta chata, não custa atender e dizer "amor, não posso agora". parece crueldade, você é perversa, já disse, se bebo, quer me punir? ninguém merece desprezo, tem mais, amor precisa de manutenção!

não acredito que estou ouvindo isso de você, Neusa, você é a personificação da crueldade. te amo com tanta afeição. agora posso dormir? eu preciso dormir, porque trabalho muito.

você quer dormir, linda, dorme.

As duas já estavam juntas há três anos. Reforma é uma mulher arrogante, não tem amigos, e fica preguiçosa com muita chuva, não gosta de visitas e adora ficar em casa quando está de folga. Ela nunca gostou das amigas de Neusa, não gostava de ouvir todo aquele papo de família e lares, de homens e mulheres que arruinaram a vida porque foram gastadores, perseguidores ou algo que acuda...

amigas chatas, papo chato, só berram, ninguém para de falar um minuto.

Neusa retrucou, com muita vontade de chorar e muito anseio de ser o que queria ter sido:

sempre que vem alguém aqui em casa você reflete: nunca mais; e eu?

lembra que você disse que tinha que me tratar de forma desagradável?

que chata, reclama demais, reclama toda semana, segunda é segunda, segunda sempre tem gosto de segunda. nunca gostei de trabalhar segunda.

não esquenta; fale mal de quem você quiser. vou fazer nome do pai, do filho e do espírito santo. sempre sonhei em ter um pombo correio branco.

Neusa, não consigo entender nada do que você diz quando bebe. que saco, você bebeu de novo? vou dormir, trabalho muito amanhã, não tente me acordar, pode falar sozinha...
gostam de matar pretos no meu país. vivo sem vontade de fazer nada, detesto segunda de manhã, principalmente no começo de ano. 40 casos de covid confirmados na cidade. máscara. máscara. máscara. São Paulo está o maior covidão. Tem a gripe H#N@, H1N3, H1: teve até tocador de cuíca que pegou, depois do show passou mal, vomitou, e esqueceu a cuíca. tenho de tomar a segunda dose da H1N1, mas vou esperar esse surto. você quer comer um pedaço de pavê? de alemã? sem peso na consciência, pelamor, esse doce...

Sempre no dia seguinte, Reforma, seca como um deserto, perguntava:

melhorou? fale agora.

como eu falo bobagem quando bebo. não sei como você aguentou ontem. foi muito louco receber as amigas místicas, que vão embora de Volvo, Hilux Toyota, ou algo que o valha. realmente, umas chatas. ontem foi mal, bonita. eu entro nuns picos muito loucos. Não dá para entender, né?

As duas se separaram. Neusa não conseguia sair mais de casa. Reforma foi visitá-la e pedir para Neusa voltar a morar com ela :

já estou acostumada, linda, com as coisas que você diz quando tá muito louca, não tem problema. nós duas somos parecidas e estamos sempre na contramão. veio a pandemia. entramos no terceiro ano de pandemia. podemos voltar, tenho uma ideia para nossa casa que vi numa revista, a casa tá vazia sem você. Volta, Neusinha!

acontece que quem saiu mal fui eu. sempre será difícil de você me entender. também, não consigo entendê-la. Estamos em duas vias opostas. Nossos polos magnéticos são os mesmos e se repelem; quando eu trabalhava e ganhava bem... trabalhava muito, dava para viajar, arrumar a minha pró-

pria casa, mas com você abandonei meu corpo e esqueci que tinha coração.

vamos ser amigas?

Um sensação de insegurança arrepiou o corpo da Reforma como uma estrela cadente.

Riu: *amigas? não, não...*

só amigas...quem sabe? talvez não. eu nunca imaginei uma relação assim como a nossa, parecia que você tinha prazer em me maltratar. que parada louca, é um alívio não estar com alguém mal-humorada, achei que com o tempo nosso amor seria aberto e maduro; separada, revi amigos, paixões antigas e consegui falar da gente; se a gente fala, sabe?, verbaliza e começa a entender, Reforma; suas regras, seu pragmatismo ditador pesava e na balança. comecei a conviver com proibições e perversidade – ninguém merece – tinha um restinho de amor que podia ser alimentado...

caraca, a mina atacou! nem sei o que responder. Neusa, se der para falar mais tarde, avisa, prefiro que você volte para casa, pois não tenho tempo, hoje tem muito trampo e reunião no zoom. abra sua mente e coração.

não acredito, olha, Reforma, saí deste cativeiro. pouca gente vai viver o que vivemos, seu problema é achar que nossa casa, nosso lar tinha de ser como uma foto de revista. a vida não é como na revista.

As duas nunca mais se viram. Ódio é prazer comprimido, foi o mote de Neusa. Ama-se às pressas, com vagar se odeia.

IRA

As unhas iradas vão atrás do rosto.
tirarias sutiãs
saciaria de amor os olhos,
se o destino deixasse,
se a noite me cegasse.

Não há beleza eterna
ou sorte dilatada
corre grande perigo, minha luz.

A MULHER QUE AMAVA OS GATOS

Pelos de gatos. Gatos e pelos em todo o apartamento. Pelos de gatos de todas as cores nos sofás, tapetes e tapetinhos. Gatos na cama, cadeira, mesa, pia e poltronas. Uma almofada: um gato. Na cesta de roupa suja: gato limpo. Era gato para todo lado. Gato na janela, cama e banheiro. Gatos de apê. Gatos bicolores. Gatas com três cores. Machos e fêmeas de uma cor só. Em todos os cantos, aparição de um gato. Cheiro de mijo e cocô de gato nas caixas de areia, mas Márcia, dona dos gatos, corria e não deixava o cheiro impregnar. O cheiro invade, envolve, mas a casa era aromatizada. A Mulher que Amava os Gatos não se deixava submergir, porque era psicóloga, doutora em direito privado e visões contemporâneas. Mulher pragmática desde a casa até a investigação dos direitos humanos e categorias civilísticas centrais das pessoas.

Gatas de três cores lambisgoias. Mais gatas que gatos – todos castrados. Gatos castrados da Márcia, psicóloga, professora universitária, doutora, especialista em Direitos Humanos e em gatos humanos sem direito felino. A Mulher que Amava os Gatos, devota e inabordável, encouraçada em princípios, blindada em virtudes, adora frases feitas e citações. "Acidentes não acontecem por acaso, mas por descaso." É preciso lembrar que é necessário ter tela em todas as janelas do apê em que o gato possa sair. Um espaço sem essa proteção, por menor que seja, será um atrativo perigoso para o gato sair e acontecer um acidente. Gatos presos e castrados sem direitos, muito alimentados, amados, coçados, penteados, lavados e bem tratados. Filhinhos pets.

Márcia estuda relações familiares, campo no qual todos os demais princípios constitucionais transitam e se ordenam. Os filhos pets da Márcia não saem do apê nunca. Ela fica bastante em casa, porque escreve sobre igualdade, liberdade, solidariedade, afetividade, felicidade, tolerância e respeito humano. Márcia tem certeza de que seus gatos são felizes, sabe que eles têm de estar bem alimentados; ela comprou potinhos coloridos e colocou ração e água disponíveis para eles em todos os cantos. Potinhos espalhados no apartamento. Cada gato com seu canto. Os gatos optam por fazer suas necessidades dentro de casa, repetia Márcia, sei que é preciso ter um espaço dedicado para isso e minha lavanderia é grande.

Márcia arrumou um namorado virtual na pandemia. Ela falava sem parar dos gatos. Mostrava na tela a Fofa, Amora, Candy, Ego, Frida, Esfinge, Prada e Fifi.

é aqui que entra a necessidade de ter uma caixinha com areia higiênica, entendeu? Meu dia é megaocupado por eles. gosto de cuidar e gatos são folgados. amor, você é um gato. amor, eu queria ser um gato se eles lessem.

O namorado virtual da Márcia era gato. Um gato fofo que se esticava quando ela pedia para ver a barriga. Um gato com olhos penetrantes. Um gato internauta tão ou mais solitário que ela. A saída para muitos casais no distanciamento social foi o sexo digital. Márcia fazia o sexo e tinha seu namorado Gato. Eles faziam o sexo virtual na pandemia, o que foi uma alternativa para curtir com segurança e consentimento a intimidade. O sexo virtual resolveu a famosa saudade de estar perto, pele com pele, anca com anca, olho no olho, emitindo cheiros fortes como caixas de areia. O namorado de Márcia, o Gato, foi disponível, e eles cultivaram o relacionamento, não só sexual como verbal. Eles conseguiam expressar o que dá tesão ou não. Tem mais, Márcia era psicóloga, também, e sabia escutar o seu parceiro.

amor, a caixa de areia é comprada só uma vez e não precisa ser trocada até ficar danificada. mas, a areia ... meu deus, deve ser renovada sempre que estiver suja. eu não deixo areia suja de mijo em casa. juro, amor, acordo de noite se o cheiro está forte.

Márcia mantinha tudo no controle. Caixa transportadora de gatos. No mês, dois gatos no veterinário. A psicóloga com seus oito gatos. Nove com o namorado virtual. Nove gatos tristes, porque não seguem o instinto de arranhar desde móveis até as costas de Márcia. Para tentar evitar arranhões, Márcia comprou um arranhador e deixou à disposição deles, produtos vendidos em pet shops. Mas os gatos adoram arranhar sofás, camas, tapetes. Os tapeceiros são os melhores amigos dos gatos.

Delicadamente, A Mulher que amava os Gatos, Márcia, foi incentivada a ser mais descritiva, pensando precisamente sobre como ela gostava de ser excitada, como quer isso e onde gosta daquilo outro. O namorado falou para ela comprar um brinquedinho. Quanto mais o tempo passava, mais confortável Márcia ficava.

eu gosto quando... fala para mim... fala novamente... fala...

Márcia queria conversar e responder incrementando ainda mais o papo, e o jogo de indiretas a deixava menos pressionada e mais excitada. O namorado falava palavras e frases que a excitavam delicadamente. Ele sabia do que ela gostava e, antes, nos preâmbulos, conversava de músicas e filmes como um recurso para deixá-la no clima. Depois, vinham as cenas e o dia a dia da professora da psicóloga com seus gatos sem cio.

Gatos são incontestáveis e nem sempre vão gostar das escolhas que os humanos fazem para eles. A escolha da caminha tem esse risco. Mas A Mulher que Amava os Gatos não quis deixar seus gatinhos sem um lugar para dormir, né? Oito camas e um computador pifando, porque o namorado Gato morava em Recife e a caminha dele era na tela do computador.

vai pra caminha, amor. amanhã, tenho aula virtual e nem planejei.

Márcia comprou um cortador de unha para gatos na pandemia, e afirmava nos encontros virtuais com o namorado Gato que deveria ter cortado as unhas dos gatos antes de eles detonarem o sofá da avó dela. Móveis de família com pelos e cheiro de gato. A Mulher que Amava os Gatos sempre tinha uma frase feita para o Face e para vida: *se existem regras, elas precisam ser obedecidas, para o seu bem e para o bem dos demais.* O computador de Márcia enchia de pelos, porque os gatos gostavam de participar das aulas virtuais, e nos encontros tinham ciúmes. Márcia, sem perceber os sentimentos felinos, colocava a cara dos gatos na tela com a cara do namorado virtual. Tudo pet, fofo e amoroso. Na conversa virtual do namoro pandêmico, Márcia afirmava: *castrar o gato é fundamental tanto para a saúde quanto para o comportamento dos gatos. amor, você sabe quanto custa o processo de castração de gatos?*

O namorado Gato não gostava do assunto. Márcia estipulou um horário para o namoro "com teto". Eles se viam todo-dia-semana-mês-na-mesma-hora. Se ele não aparecia, A Mulher que Amava os Gatos ficava puta e brigava. Gostava de briga. O computador exalava uma voz estridente que tentava ser calma como um miado de gato castrado. A Mulher que Amava os Gatos não sossegava, realmente ficava controlando o Gato. Há mulheres controladoras. A personalidade dela variava de nervosa para meiga. Uma stalker? O leitor pode imaginar um stalking na pandemia? Vigilância, perseguição, ameaça e falta de liberdade eram constantes, uma obsessão, mas ele gostava. A pandemia fez com que as pessoas realmente não saíssem de casa.

Uma guerra sem trincheiras nem lutas com hospitais e cemitérios lotados. O Gato pedia diálogo, gostava de conversar e estava só, ele conseguia contornar tudo e sabia do tema para deixá-la feliz e masturbante na tela do Meet. Falar de gatos a deixava excitada.

gatinhos, Márcia, gostam de brinquedos, é simples assim, até mesmo uma bola feita de papel ou meias pode garantir a diversão por dias!

O Gato Virtual convenceu Márcia a comprar um consolo, afinal ele e ela podiam ter brinquedinhos. *pega seu brinquedinho, amor, brinca para eu ver. comprou um brinquedinho? passa saliva...*

A professora universitária solitária satisfazia seus desejos com papos e masturbação virtual. A Mulher que Amava os Gatos se alegrava nas compras pets das lojas virtuais. Brinquedos que imitam ratos ou aves com pena nas pontas, produtos e consumo ideal para participar das brincadeiras com nenhum propósito. Interessante de se ver, observar? Pet. E o papo dos dois? Pet, depois iam desde o que você comeu até o que você comprou. Consumo, imagem e vida pet.

afinal, quanto custa ter um gato, amor?

contando as vacinas obrigatórias, duas idas ao veterinário por ano, alimentação sem sachê e todos os gastos, exceto a instalação da rede de proteção, o gato custará, em média, pelo menos meio salário mínimo por mês. vale a pena, amor. são meus filhos e não me dão dor de cabeça, porque só me dão carinho. eu trabalho tanto, a vida acadêmica é tão dura.

A pandemia foi passando, e A Mulher que Amava os Gatos optou por dar mais conforto aos gatos e ao namorado Gato. Gastos que são maiores no início, mas depois tendem a se estabilizar, sendo basicamente rações, computador, areia, brinquedos, internet, idas ao veterinário e ginecologista.

A psicóloga que amava gatos investiu na companhia, no relacionamento sério, o amor compensaria qualquer gasto. Entretanto, ela tinha receio de as despesas dos gatos pesarem no seu orçamento. Ela declarava simplicidade e tinha um resmungo rápido e contínuo de preço, salário, injustiças sociais que faziam Gato se espreguiçar e bocejar.

A Mulher que Amava os Gatos fez um planejamento financeiro, mas esqueceu do planejamento amoroso. Achou que seu namorado Gato era castrado. O cara subiu no telhado logo depois da segunda vacina. Forte, segura e robusta, pediu encontro presencial. Rolou com o Gato, arranhou, brigou, gritou, fez aquela barulheira boa de telhado, depois se viu apenas com os castrados. O namorado comprou computador novo para ela, conversou, se explicou, e disse que perdeu o tesão. Simples assim. Ela arranhou sofás, paredes, chorou pacas; seus gatos castrados observavam e pediam carinho. O planejamento, rotina e trabalho com seus oito gatos deu segurança à Mulher que Amava os Gatos. Sozinha na estupidez da sociedade, seguia seus impulsos, possuídos, governados pelos gatos. Uma gata humana de olhos desesperados, confusa e com bizarras emoções. As páginas de seu livro viravam-se sozinhas. Nenhuma corrente de ar entrava pela janela, e Márcia repetia: *ter um gato é a realização de um sonho.* Os invisíveis existem. Ela se arrebentou, mas conseguiu alcançar as metas de sua vida para cuidar dos gatos que amava, porque ela não queria perder nenhum Gato, nunca mais.

VOTOS DE REALIDADE

> *No começo, a mulher ama o amante;*
> *Finda a paixão, ama o amor.*
> *Byron*

Pensa um aforismo
marca touca e monta um teorema.

Que mundo grosso, gente avara,
mais e mais sem mais sabor!

Para findar em fumarada
de ontem big amor
e imensas matas.

Inútil correr atrás.
agora quem vai me amar? quem dirá que sou bonito?
Seu beijo doce é meu apego
sem falar que *não houve*
ardência final.

ah, que bom! que consolo ter alguém assim,
ainda mais nos dias de hoje, quando as coisas
boas da vida vão minguando,
próximas do fim.

PROCESSO

Se a Vontade não se converte, Medo; Covardia e Hipocrisia não se absolvem.
   então me ajoelho.
   ajoelha-se com ambos os joelhos?
   sim, com ambos os joelhos.
   pare, por que você está fazendo isso?
   por que não faria?
   ninguém deve ajoelhar-se diante do outro. perdeu a cabeça?
   não. é atitude de tribunal. sou ré e devo estar de joelhos quando sou examinada sobre a doutrina e, também, quando me é lida a sentença.
   não siga esse mandamento, não se ajoelhe, aprenda o que não se deve fazer. não haverá misericórdia. você conhece as obras de misericórdia?
   conheço dar de comer; vestir os nus; visitar os enfermos; enterrar os mortos; ensinar os ignorantes; consolar aflitos; perdoar injúrias, ter paciência com as fraquezas do próximo e castigar os que erram.
   castigar os que erram é uma obra de indulgência. não haverá misericórdia.
   não? então, castiga-me por heresia e prática de atos contra a moralidade.
   por que você está fazendo isso?
   pura ironia.
   do destino?
   faço isso porque quero seu cárcere, a prisão é uma medida exigida pelo processo.

PERVERSIDADE

O que busca você, nos vãos perversos
prefira antes estes versos
dos quais a vida diz: são teus
são para você
sou para você
a mais sacana dentre as sagaranas.

A PEÇA FOI UM DRAMALHÃO

que merda.
nossa que merda.
está morta.
puta merda, está morta mesmo.
está até dura.
puta, que merda.
puta merda.
cachorro pequeno dá trabalho. pincher, então....
   O menino grita para todos que estavam em casa.
   gente! morreu a cachorra da Madalena! tá enforcada lá na porta, lá fora. a cadelinha, a Neguinha, tá morta lá fora.
   como?
   ela estava no cio; o Capitão é grande demais para ela. então, a Madalena deixou o vidro pequeno do lado. o vidrinho que fica perto do espelho do fusca; ela deixou para a Neguinha respirar e fechou todo o carro.
   deixou o quebra-vento aberto?
   é... depois, colocou a cachorra na coleira e prendeu a guia na direção. entenderam? ela deixou o quebra-vento do fusca aberto; a cadela pulou quando viu o cachorro Capitão e acabou se suicidando. a porta do fusca tá toda riscada.
   Vamos fazer oração para ela – uma Ave Maria.
   Amém.
   que merda.
   puta, que merda.

AVOA

Florestas sem fim. Linhas tortas constantes de água na terra que se repete. Vozes de pássaros, mato e água por toda parte, aquele sem-fim-de-mato de um verde imenso com árvores abraçadas. Além das tarefas costumeiras e caseiras em paisagens dilatadas de horizontes livres, na roça, Seu Zé Valter, logo que acordou, começou a fazer o açúcar de ervas medicinais. Pegou flor de laranja, tanchagem, picão, poejo, serralha, hortelã, raiz de alface, erva-de-santa--maria, camomila, três sementes de sucupira e dente-de--leão para fazer açúcar moreninho. O açúcar moreninho é remédio; as folhas são amargas, e esse açúcar serve para misturar com água morna ou para fazer bala. As crianças gostam tanto de açúcar que querem tomar mais um chá ou suco açucarado, para mais amam chupar muitas balas, mas não pode. Remédio tem dose. Se a criança está assustada, com uma grosseira, dor de barriga, as ervas curam. Para mais ainda, pássaros falam, e o sol anda de um lugar para o outro nestas montanhas altas. O tempo na roça é amostrado e afina a sensibilidade.

Em diálogos silenciosos com os pássaros, Seu Zé Valter disse à gralha-preta de rabo quadrado:
o conjunto de remédio se chama cordiá. entendeu? é um conjunto de ervas. é... cada qual com seu piquá, e este açúcar vai te sará.

A gralha-preta de cauda quadrada entendeu tudo e disse: *craa-craa-craa. crada cra cracra craca.*

Cravado no seu cantinho, prisioneiro que tem portas abertas, Seu Zé seguia com seres invisíveis, embora tangíveis, seguia com carinho. Carinho é, dos tratamentos, o mais indispensável. Zé Valter era um homem com pensamentos do céu e da terra, ele se preocupava com o bem-estar de todos ao seu redor, amava compartilhar cada minuto da vida com os pássaros que lhe fazem muita companhia. Lá naquela lonjura um pedaço de céu numa morreira bem alta, onde a estrada termina e não passa ninguém. Lá tem vida, lição de vida. Solidão, muita solidão mesmo. Era lá que o homem começou a falar com os pássaros:

ora, seu moço canário-da-terra amarelo com canto cinza-oliva, som íris negra e bicada cor de chifre. ora, olivácea canto denso e parda por baixo. olha só canarinhada, olha, e vocês não vêm meter o bico em assuntos que não são da sua competência; os tempos correm, vocês correm em turma como a seleção, vocês não têm noção do mundo dominado pela tecnologia.

Os canários sumiram como folhas amarelas de árvore em árvore, porque já foram diplomáticos demais com a seleção brasileira, que não anda bem das pernas. E Seu Zé foi descansar com os patos machos silenciosos. Esperou o *quack* das fêmeas. Elas começaram a fazer uma barulheira. O que era tão simples foi se alongando. Seu Zé – no zelo pelo agrado, com o espírito voltado aos problemas da política das fêmeas que encontram grande dificuldade em ocupar espaços de poder – não deixava de conversar com as fêmeas assuntos menores como se estivesse na sede de uma embaixada. Ele ficava horas entregue à consideração do grupo de patas patriarcas que combatem os abusos e violências, falava em sociedade igualitária e sabia ouvir.

Depois, desandava a falar mais ainda com os animais, sabia que o animal, algumas vezes, se revolta e mata aquele que o domou. Seu Zé Valter era servo dos bichos pelo poder de sua vontade.

saí-azul, saíra-amarela, beija-flor de-veste-preta, assobiador-do-castanhal, vocês viram foo fighters, ovni ou bola de fogo. vocês querem aprender muito comigo? a terra traz surpresas inesperadas.

O saí-azul concordou e contou que viu Vênus num céu lisérgico, num só lugar alucinação e psicodelia. *Seu Zé, psicodelia vem das palavras gregas psiké (mente) e deloun (sensorial).*

saí-azul a gente aprende com vocês, gostei desta coisa de mente e sentido.

Assim os dias passavam. O homem fazia remédios com seu destino que há de se cumprir, mas ninguém ligava para ele, muito menos para os seus remédios. Ele começou a falar com os pássaros nas sombras dos jardins, através das cercas vivas, num sítio de lá de cima onde o perfume do manjericão brigava com o perfume de jasmim.

bom dia, lavadeira-mascarada. curicaca, a amiga dos pequenos agricultores.

boa tarde, dona garça diurna e solitária, sei que você gosta de festas e agito, já conheci número grande de garças solitárias.

já chegaram? sabiá-barranco e canário-da-terra, biguá, tucano, jacu, joão-de-barro e gibão-de-couro. vamos tomar um licor de hortelã pra vocês cantarem até a noite chegar.

ÂNGELA MARSIGLIO CARVALHO

andorinhas. andorinhas. andorinhas. biguá. biguá... vamos almoçar?

eita, chopim-do-brejo, quero-quero, batuíra, vocês não acham que a garça é ex-estranha, psicodélica, not-belonging?

Quero-quero falador sempre respondia:
elas são o mal-estar do fora de foco, que cifram os mais modernos sentimentos. o sentido caminha, o canto, meu melhor amigo permanece.

quero-quero-quero-quero-quero-quero-quero-quero

Nesta conversa infindável, teve o dia em que veio o Porteiro da Sombra, anu-preto, pássaro dos últimos momentos dos velhos. O canto do anu disse ao Seu Zé Valter: *sorria, porque vou te levar ao paraíso.*

Os homens têm destino. O proprietário da estância e do curral foi procurar seu Zé Valter, e ficou surpreso com a história. Contaram. A história foi parar na cidade. Foi assim, ao amanhecer, Seu Zé saiu procurando o estábulo da Santa Família. No estábulo havia um anjo escondido; foi aí que seu Zé voou.

VASSOURA ATRÁS DA PORTA

Desafeto,
sabote adeus
sem agrados
numa tarde desprazerosa e monstruosa como
enterro de pai.

Dissipe paixão
mine solidão
sem nata, leite ou deleite
em noites sobrecarregadas de casos,

você não cicatriza
ainda fere
e não acolhe.

CACTOS

Muitos, frente a frente, fitando os olhos de Umberto, ficam quietos e petrificados, como se ele concentrasse dois polos: proteção e resistência. Umberto era amante perfeito e centro de atração de homens e mulheres, um homem de beleza encantadora, charme infalível, talento de ator profissional com tempo e estrada. Homem de educação exemplar, aventureiro, culto, livre e incapturável, sabia mentir por muito tempo, durante um dia inteiro, dois, três, dez dias; um mês, até por anos. Umberto quase caiu em uma armadilha do amor quando conheceu a cantora Darci. *I will survive, hey hey.*

A cantora de voz de plena pluma tinha até camarim só dela. Trabalhava na Major Sertório numa casa de show, que tinha como atração principal Marquito, um anão que descia para o cenário sentadinho numa lua num palco do tamanho de uma tevê de 85 polegadas. A lua descia, e Marquito se deitava como se estivesse em uma rede. No cenário estrelado, o anãozinho megatalentoso cantava *tomo um banho de lua*, enquanto acariciava e mostrava seu sexo enorme em riste, *fico branca como a neve*. O show era imperdível.

A cantora Darci ficou apaixonada por Umberto na primeira vez em que conversou com ele, e logo marcou visita depois do show. No camarim cubículo, Umberto se sentiu aconchegado; Darci, para provocar, começou a pintar com batom bem vermelho seu sexo liso; ele tentou pegar o batom, mas a cantora não permitiu qualquer gesto em sua direção. Diante de uma gigantesca flor de estufa, Umberto se precaveu, mas os olhos lascivos e desejosos da cantora o mastigaram com as pálpebras e o engoliram com sua canção do show lentamente. *oh, as long as I know how to love, I know I'll stay alive. I will survive, hey hey.*

ÂNGELA MARSIGLIO CARVALHO

Darci ficou com Umberto. A cantora gostava de acariciar e ele gostava de ser acariciado. O prazer dela em acariciar homens era tão grande, tão contínuo que ela tinha um orgasmo apenas passando as mãos pelo corpo de Umberto e repassando as mãos dele por todo o corpo dela. Darci tinha mãos curiosas, que desejavam despedaçar o corpo para chegar à essência. Cada movimento dela tencionava rasgar, com grande capacidade amorosa, a aparência. Foi numa fúria sexual de Darci que Umberto começou a passar mal.

por que você treme, amor?

porque tenho medo. tenho medo do não acontecido. tenho medo do que não existe. medo de ter medo e medo do medo.

Quando se excitava com Darci, Umberto constatou que se desconcertava e sentia-se incapaz de raciocinar, era um tormento contínuo para ele. Ficava com medo, inclusive, envergonhado, tentou esconder sua perturbação e sentou longe de Darci. Impaciente e calado, percebeu que não tinha obrigação de falar imediatamente; ao contrário, olhava para Darci numa atitude de expectativa. Teve medo de perder sua identidade. Umberto, não se sentindo à vontade, como um rato que vacilou na ratoeira, tentou lembrar-se da moral da fábula da assembleia de ratos: *não basta ter ideias e planejar, falar é uma coisa, fazer é outra.* Resolveu se despedir e ir embora.

No momento da partida, de uma mudança de vida, todo homem capaz de refletir é tomado por pensamentos críticos; Umberto fez uma revisão do passado e projetou um futuro com discernimento, tinha de ser sagaz para fazer escolhas acertadas. Darci ficou indignada, porque nunca escondia a verdade e não disfarçava; ela sabia que ele queria ficar longe de perigos e preocupações. A vontade violenta da cantora de ficar com quem amava era insuportável e persistente. Ela iria tentar conquistá-lo até sua paixão acabar.

A ausência de envolvimento daria a Umberto consciência plena de sua liberdade, mas representava sua infelicidade. As circunstâncias tornaram a vida dele complicada, sem interesse, sexo e vida amorosa. Umberto a queria muito, tanto que não parecia razoável ficarem juntos. Sem luz e vibração, se entregou ao excesso de trabalho. Condoído pela solidão e pela ausência das conversas com a parceira, começou a ter insônia. A primeira medida para se desligar, à noite, foi virar low profile; Humberto saiu das redes sociais, começou a malhar e cultuar seu corpo.

A cantora teve pena e ódio de Umberto, e concluiu que a falta de estrutura emocional o fez não se atirar em seus braços. Ela quis que ele perdesse o mérito de ser amante para sempre; os fatos geraram uma vingança sutil em Darci. As trocas de olhar, conversas esbaforidas que se interpelam foram repetidas diversas vezes. Darci, com emoções exclusivamente verdadeiras, fez perguntas que Umberto não soube responder, afinal ele não sabia o que fazer.

Invadido por um sentimento de ausência, Umberto determinou que tinha de conversar, afinal seus olhares e corpos se cruzaram por quatro semanas. Uma paixão de quatro semanas. Antes de falar, Umberto ergueu o vestido de Darci e pensou: *desta vez tudo acabou mesmo.* Correu seus dedos pelo corpo de Darci, determinado que tinha escapado de um assombroso perigo. Mas um pensamento delicioso, pouco a pouco, foi se apoderando dele e transformou seu aspecto físico, apesar de a moral voltar inconveniente e confortável. Enrubescido, Umberto confessou:

não vai dar certo nunca.

Darci riu e cantou: *at first I was afraid, I was petrified, oh no, not I, I wil survive.* Depois, começou a fazer Umberto ficar excitado com suas carícias; ele ficou com a metade inferior do corpo esquecida pela razão; suas pernas tremiam suplicantes por violência, seu sexo se abria como flores de cacto, e, num repente, gostou de ver o corpo de Darci, que se contorcia no espaço. *oh no, not I, I wil survive.* Pernas e sexo se desdobraram espancando o ar. Boca, pênis, imagens entre pernas que tremiam. Seu pênis, como um ferro quente, foi movido em todas as direções. Os movimentos aceleraram em penetração agradável. As pernas tremiam mais. Darci sentiu o pulsante Umberto sair de suas nádegas e fez um movimento como se quisesse prendê-lo, mas a sedosa escorregadia umidade o libertou. Na tentativa de uma chave de perna, Darci foi empurrada por Umberto.

O medo supera a inteligência, nega o amor, porque talvez seja melhor que ele. O medo personifica o amor que tem de acabar. O medo não é artificial. O tempo ensina. Sem medo, os dois cuspiram nas mãos e esfregaram saliva nos pênis. Umberto esperneou e chorou; mas seus sentimentos o seguraram até ele se saciar. Umberto polido, árido e isolado como um cacto, que se defende das próprias emoções, daquele dia em diante não mentiu mais. Reagia ainda com a razão no comando do que quer que houvesse, sem ansiedade, remorso ou nostalgia. Distraído, contemplava bem distante corpos atléticos, grandes, morenos e musculosos. Umberto passou a cultivar cactos para florescerem. Pode parecer estranho, mas para um cacto florescer ele precisa passar por um período sem regas e com muito sol. *Oh no, not I, I will survive.*

SEM VERSOS MINHA ALMA SECA

ÂNGELA MARSIGLIO CARVALHO

© Ângela Marsiglio Carvalho, 2024

Todos os direitos desta edição reservados
à Laranja Original Editora e Produtora Eireli
Rua Isabel de Castela, 126 – Vila Madalena
São Paulo – SP – CEP 05445-010

www.laranjaoriginal.com.br

Edição e revisão: Beto Furquim
Projeto gráfico: Yves Ribeiro
Produção gráfica: Bruna Lima
Fotografia da autora: Stefan Lalau Patay
Imagem da capa: Friederike Mundt

Dados Internacionais de Catalogação na Publicação (CIP)
(Câmara Brasileira do Livro, SP, Brasil)

Carvalho, Ângela Marsiglio
  Vassoura atrás da porta / Ângela Marsiglio Carvalho. -- São Paulo : Laranja Original, 2024. -- (Coleção pêssego azul)

  ISBN 978-65-86042-94-8

  1. Contos brasileiros 2. Poesia brasileira I. Título. II. Série.

24-193587
CDD-B869.3
-B869.1

Índices para catálogo sistemático:

1. Contos : Literatura brasileira   B869.3
2. Poesia : Literatura brasileira   B869.1

Cibele Maria Dias - Bibliotecária - CRB-8/9427

COLEÇÃO ● PÊSSEGO AZUL

Títulos desta coleção:
Meus sapatos ainda carregam a poeira de Cusco – Thiago de Castro
Vassoura atrás da porta – Ângela Marsiglio Carvalho
Coleção de pensamentos – Beatriz Di Giorgi

Fonte Minion Pro
Caixa de texto 95 x 166 mm
Papel Pólen Bold 90g/m²
nº páginas 116
Impressão Psi7
Tiragem 150 exemplares